Knaur.

Knaur.

Über den Autor:
Carel Donck, 1946 geboren, lebt mit seiner Frau in Amsterdam. Er hat zahlreiche Drehbücher für Film und Fernsehen verfasst. *Nur noch ein einziges Mal* ist sein erster Roman.

Carel Donck

Nur noch ein einziges Mal

Roman

Aus dem Niederländischen
von Rosemarie Still

Knaur Taschenbuch Verlag

Die Originalausgabe dieses Buches erschien 2008
unter dem Titel *De Nachtmoeder* bei Uitgeverij
De Arbeiderspers, Amsterdam/Antwerpen.

Die Übersetzung dieses Buches wurde gefördert vom Nederlands
Literair Produktie- en Vertalingenfonds, Amsterdam.

Besuchen Sie uns im Internet:
www.knaur.de

FSC
www.fsc.org
MIX
Papier aus verantwortungsvollen Quellen
FSC® C014496

Deutsche Erstausgabe Mai 2011

Umschlaggestaltung: ZERO Werbeagentur, München
Umschlagabbildung: mauritius images/nonstock
Satz: Adobe InDesign im Verlag
Druck und Bindung: GGP Media GmbH, Pößneck
Printed in Germany
ISBN 978-3-426-50559-5

2 4 5 3 1

Es war in der Silvesternacht gegen halb elf, und ich hatte nur noch wenige Stunden zu leben.

Wusste ich es? Hatte ich eine Vorahnung? Hinterher ist leicht reden, aber ich erinnere mich an ein Gefühl von Panik – als drohte ich zu ertrinken, als entglitte mir alles.

Die Kinder waren zappelig. Mark hatte eigentlich zu einem Freund gewollt, doch der wohnte am anderen Ende der Stadt. Er hätte hingebracht und wieder abgeholt werden müssen, denn dort zu übernachten kam nicht in Frage. Gerard meinte, es sei unverantwortlich, nach Mitternacht noch durch die Stadt zu fahren, also musste Mark zu Hause bleiben.

Vor Wut war er den ganzen Abend bockig. Er blieb in seinem Zimmer vor dem Computer sitzen. Hatte angeblich keine Lust auf Geselligkeit. Ich dachte: Lass ihn doch, es geht auch ohne ihn. So wichtig ist ein Silvesterabend nun auch wieder nicht.

Dennoch übertrug sich die gereizte Stimmung auf mich. Ich lief im Haus hin und her, vom Schrank im Flur in die Küche, von der Küche zum Telefon, vom Telefon wieder zurück in die Küche. Dort stand der große Topf mit Öl auf dem Herd, denn Astrid wollte unbedingt Krapfen backen. Zum ersten Mal durfte sie den ganzen Silvesterabend aufbleiben, und Krapfen gehörten nun mal dazu.

Meinen Vorschlag, die Dinger beim Bäcker zu kaufen, hatte sie abgelehnt. Es sei ganz einfach, in der Schule hätten sie auch welche gebacken – sie würde mir helfen. Also hatte ich Krapfenmischung gekauft, Rosinen und Korinthen und ein paar Flaschen Öl. Wir machten zusammen den Teig, bekleckerten uns. Normalerweise hätte mir das Spaß gemacht, hätte ich vielleicht noch mehr rumgemanscht, doch nun ging es mir auf die Nerven. Ich raunzte sie an, sie solle vorsichtig sein, nicht so eine Sauerei machen und von dem heißen Öl wegbleiben.

Ich packte ihren Arm und zerrte sie weg. Nicht einmal grob, aber sie bekam einen Mordsschreck und fing erbärmlich an zu weinen. Ich schickte sie aus der Küche – endlich allein. In schnellem Tempo backte ich ungefähr fünfundzwanzig Krapfen und überlegte, wer vorhin wohl angerufen hatte. Nachdem ich meinen Namen genannt hatte, war eine kurze Stille eingetreten, nur im Hintergrund hatte ich ganz leise Musik gehört. Dann war aufgelegt worden. Falsch verbunden? Wahrscheinlich. Aber diese Musik ging mir nicht aus dem Sinn, sie war mir vage bekannt – irgendwas von früher, mit einem Sänger …

Gerard versuchte unterdessen, Mark aus seinem Zimmer zu locken. Wir wollten ein Spiel machen, bei dem er nicht fehlen durfte. Was für ein Spiel, wollte Mark wissen. Das wusste Gerard noch nicht. Uns würde schon etwas einfallen.

Seine Bemühungen schienen erfolglos zu sein, und ich wusste, dass er im nächsten Augenblick wütend werden würde. Als er leise fluchend die Treppe hinaufgehen wollte, fischte ich die letzten Krapfenkrümel aus dem Öl. Ich machte die Küchentür auf, rief »Fertig!«, und ging mit einer großen Schale ins Wohnzimmer.

Endlich saßen wir zu viert um den Tisch – das war der schönste Moment des Abends. Draußen war es noch still, und auch drinnen war jeder mal kurz zur Ruhe gekommen. Astrid streute sich Unmengen Puderzucker auf ihre Krapfen und fragte, was denn um zwölf alles passieren würde. Gerard erklärte es ihr. Ich aß in aller Ruhe und sah Mark an. Sein Blick war starr, ernst, als würde er über etwas nachdenken. Was könnte das sein? Ich nahm mir vor, später mit ihm darüber zu reden. Nun legte ich nur kurz meine Hand auf seinen Arm und fragte, ob die Krapfen schmeckten. Er nickte, ziemlich verwundert.

Danach kam etwas im Fernsehen. Das Spiel war vergessen, der harmonische Moment dahin. Ich brachte die Teller in die Küche, hatte ständig diese Melodie im Kopf. Wer war das nur, dieser Sänger? War es das, was ich durchs Telefon im Hintergrund gehört hatte? War da irgendwo ein Radio an? Oder hatte ich mir alles nur eingebildet?

Mittlerweile wurde Noortje immer nervöser. Die Knallerei war bereits im Gange – vor dem Haus, auf der Straße, und sogar hinten, in den Gärten. Bei jedem Knall erschrak sie und rannte davon, ohne zu wissen, wohin. Mal wollte sie raus, konnte aber nicht, weil die Katzentür verriegelt war, mal schoss sie die Treppe hinauf, zu Marks Zimmer. Astrid wollte sie hochnehmen und streicheln, doch sie riss sich los und schlug die Krallen in ihren Arm. Astrid wieder in Tränen – ich versuchte sie zu trösten, vergebens, und fragte mich immer mehr, was um Himmels willen los war. War es ein Vorzeichen? Wovon? Hatte ich etwas falsch gemacht? Aber was?

So wurde es endlich zwölf Uhr.

Ich küsste Gerard, wünschte ihm ein glückliches neues Jahr. Als ich ihm in die Augen schauen wollte, wandte er den Blick ab. Ich umfasste seinen Kopf, zwang ihn, mich anzusehen, während meine Augen fragten: Was ist los? Er blickte mich nur ausdruckslos an, mehr nicht.

Astrid war auf der Couch eingenickt, sie schlief schon fast. Sie hatte bis Mitternacht durchgehalten, und nun war sie fix und fertig. Ich nahm Mark in die Arme, drückte ihn an mich. Spürte seinen leichten Widerstand – er findet Kuscheln doof, aber mir war es ein Bedürfnis gewesen.

Er ließ mich gewähren, fragte als eine Art Tauschgeschäft, ob er sich das Feuerwerk vom Dach aus anschauen dürfe. Vom Dach aus, ganz oben vom First? Ja, so habe er es sich ausgedacht: Er würde sich am Schornstein festhalten, und könne von da aus alles überblicken.

Ich sagte, er solle erst Gerard fragen, wusste aber von vornherein, dass er es verbieten würde.

Und so war es auch. Während ich mir ein Glas Wein einschenkte, hörte ich Gerards entschiedene Stimme: »Kommt nicht in Frage. Von der Straße aus kannst du's genauso gut sehen – völliger Blödsinn. Und außerdem gehen die Dachziegel kaputt, und dann regnet es an der Stelle durch.«

Gerard wollte nichts mehr davon hören, doch Mark quengelte weiter. Ich versuchte, mit Gerard an einem Strang zu ziehen, sagte, ich sei auch dagegen, aber meine Stimme klang nicht sehr überzeugend.

Mark wartete, bis Gerard nach draußen ging, rief, er käme auch gleich. Stattdessen rannte er nach oben, kroch in seinem Zimmer durchs Fenster und kletterte von dort über die Dachziegel hoch bis zum First.

Ich war mit Astrid hinaufgegangen, um sie ins Bett zu bringen. Ich sah Mark im Fensterrahmen, hörte ihn poltern, tat aber, als merkte ich nichts. War das aus Protest gegen Gerard? War es meine eigene Rebellion? Ich weiß es nicht. Ich finde … wie soll ich es erklären … nun ja, ich finde, ein Kind sollte hin und wieder die Chance haben, etwas Gefährliches zu tun. Das Leben ist ein Abenteuer, und da muss man manchmal Risiken eingehen. Ich weiß, dass ich mit dieser Ansicht ziemlich allein dastehe, dass mich jeder normale Mensch für verrückt erklärt. Ein neunjähriges Kind lässt man nicht um Mitternacht aufs Dach klettern. Nun, ich schon, und ich ging sogar noch einen Schritt weiter: Ich schaute ihm nicht angsterfüllt zu – denn dann ginge es bestimmt schief. Nein, ich ließ ihn einfach machen.

Zu Astrid sagte ich, ich käme gleich noch mal, um sie zuzudecken, und ging wieder hinunter. Draußen sah ich Gerard. Er lief auf der anderen Straßenseite auf und ab und telefonierte geschäftig. Ich zog die Vorhänge zu, ging in die Küche, räumte ein bisschen auf. Ich hörte die Knallerei des Feuerwerks, spürte, wie mein Herz klopfte. Während mir Noortje um die Beine strich, wusch ich die Teller ab. Ich konnte mich nicht konzentrieren, verbrannte mir die Finger am heißen Wasser. Und ständig ging mir diese Melodie durch den Kopf, dieses Lied im Hintergrund, am Telefon. Was war das bloß? Hatte ich es tatsächlich gehört oder mir nur eingebildet?

Dann plötzlich Geschrei, Gepolter. Ich rannte in den Garten und schaute am schrägen Dach entlang hoch. Doch da war nichts. Ein Dachziegel zerbrach scheppernd auf den Steinplatten vor meinen Füßen – und im selben Moment hörte ich ein Wimmern, das vom Balkon kam. Mark war abgerutscht, über die Dachrinne hinaus und rücklings auf dem Rand des Balkons gelandet. Er schrie vor Schmerz. Letztendlich waren seine Verletzungen nicht so schlimm, aber das wusste ich in dem Moment noch nicht. Eine Rückenprellung, aufgeschürfte Handgelenke und eine leichte Gehirnerschütterung. Er ist wieder ganz gesund, auch sein Rücken ist in Ordnung.

Was den Rest dieser Silvesternacht angeht, so kann ich mich kurz fassen. Gerard und ich kamen gleichzeitig bei Mark auf dem Balkon an, und dann wurde nur noch geschrien: Mark brüllte vor Schmerz. Ich wollte ihn hochheben. Gerard schrie, fass ihn nicht an! Und unterdessen lief Astrid im Schlafanzug kreischend durchs Haus, und wir riefen, dass sie still sein solle.

Wir haben ihn schließlich doch hochgehoben und in die Notaufnahme gebracht.

Ich sehe uns noch in diesem Flur sitzen. Links und rechts gingen Leute mit Brandwunden, verbrannten Gesichtern an uns vorüber, voller Blut. Einige jammerten vor Schmerzen, doch die meisten waren über dieses Stadium schon hinaus. Auf der Fahrt zum Krankenhaus war ihre Verzweiflung dumpfer Angst gewichen. Vor Schreck und Schmerz waren sie todmüde, hofften nur noch, dass alles gut ausgehen würde.

Und wir?

Ich sah Gerard von der Seite an. Er würde gern eine rauchen – das konnte ich ihm vom Gesicht ablesen. Doch er hatte aufgehört, und zudem war es hier verboten. Stattdessen nahm er nach kurzem Zögern sein Handy, stand auf und sagte, er würde rasch zu Hause anrufen, um Astrid zu beruhigen.

Er ging durch die Drehtür hinaus, tippte eine Nummer ein und fing an zu sprechen.

Er hatte mir den Rücken zugekehrt, gestikulierte beim

Sprechen, und irgendetwas stimmte da nicht. Das war kein Vater im Gespräch mit seiner sechsjährigen Tochter – es war ein Gespräch zwischen Erwachsenen: Ein Erwachsener erzählt dem anderen, was passiert ist, dass er es auch nicht ändern könne und später noch mal anrufen würde. Während des Gesprächs blickte Gerard ganz kurz in meine Richtung, und dieser Blick bestätigte meine Vermutung.

Ich muss merkwürdig ausgesehen haben – große Augen, entgeisterter Blick, offener Mund –, denn ein junger Mann, unrasiert, mit kleiner Brille, blieb einen Augenblick stehen und starrte mich an.

In dem Augenblick kam Gerard zurück. Er habe Astrid gesagt, sie solle schlafen gehen, doch das wollte sie nicht – sie wolle lieber auf uns warten.

Ich fragte ihn, warum er dafür so weit habe weggehen müssen. Ob ich das Gespräch nicht hören durfte? Er zeigte gereizt auf ein Handyverbotsschild. Und überhaupt, was das denn solle? Vertraute ich ihm etwa nicht? Ob ich sehen wolle, welche Nummer er soeben angerufen habe?

Diese Reaktion beruhigte mich allerdings ganz und gar nicht, doch im selben Moment kam ein Arzt auf uns zu. Es sei besser, wenn Mark heute Nacht im Krankenhaus bliebe, sie wollten ihn noch röntgen. Er habe ein Schmerzmittel bekommen und schlafe jetzt. Wir könnten kurz zu ihm, aber das Beste sei, wir ließen ihn in Ruhe.

So fuhren wir wenig später durch den nächtlichen Trubel nach Hause. Um uns herum schien Krieg zu herrschen. Leuchtraketen schossen vor uns in die Luft, Fahrradwracks und brennender Müll lagen mitten auf der Straße, und wegen der noch immer nicht endenden Knallerei konnten wir einander kaum verstehen.

Meine Wut und Unruhe wurden immer stärker. Ich musste es loswerden. Ich hätte gesehen, wie er auf der Straße vor unserem Haus telefoniert habe, sagte ich, und ich wolle wissen, mit wem. Mit seiner Mutter? Das nahm ich ihm nicht ab. Er meinte, ich solle sie doch einfach fragen. Hier sei das Telefon – warum ich nicht gleich anriefe? Wahrscheinlich schlafe sie bereits, und wenn schon …

Mittlerweile ging es nur noch im Schritttempo weiter, wir steckten im Stau. Grölende Partygänger mit Bierdosen in der Hand drückten ihre Gesichter an die Scheibe, schlugen mit den Fäusten aufs Autodach. Löschfahrzeuge, gefolgt von Krankenwagen und Polizei, passierten uns mit gellenden Sirenen.

Ich sagte, dass ich einen Scheißabend gehabt hätte. Dass ich nicht wüsste, warum, aber dass ich mich einsam und miserabel gefühlt hätte. Dass es schon Monate so wäre, dass ich eine Distanz zwischen uns spürte, ihn nicht erreichen könnte. Und dass ich das nicht länger aushalten würde: Es müsse sich was ändern, andernfalls …

Die Straße war inzwischen wieder frei und Gerard beschleunigte mit heulendem Motor.

»Andernfalls was?«, schrie er. »Willst du gehen? Mach, was du willst. Hauptsache, du lässt die Finger von Astrid und Mark. Denn bei dir werden sie nicht mal zehn – wie du siehst.«

»Wieso?«

»Wieso? Weil du den Jungen einfach machen lässt. Glaub nur nicht, dass ich es nicht gesehen habe. Ich kann verbieten, was ich will, und du erlaubst den beiden alles. Du siehst, was dabei herauskommt.«

Aus purer Frustration klebte ich ihm eine und schrie, das sei nicht wahr, es sei eine dreckige Lüge. Er gab Gas und raste bei Rot noch über die Ampel. Etwas kam von rechts, und ich hatte den Eindruck, mein Unterleib würde mit einer riesigen Schere abgetrennt. Im Bruchteil einer Sekunde dachte ich: Das ist es also – das war es also. Dann überkam mich ein Gefühl himmlischer Ruhe: Endlich zu Hause. Und im selben Moment wurde alles schwarz.

Um die Jahreswende herrscht bei uns Hochbetrieb. Dann wird da unten gefeiert, geballert, getrunken und gestritten. Wie eine heranrollende Woge zieht das Chaos übers Land, und nach ein paar Tagen werden die Ertrunkenen bei uns angespült.

Ich drücke es jetzt etwas schöner aus, als es ist, denn für uns bedeutet es harte Arbeit: Zimmer freimachen, Namen und Nummern notieren, sie an die Zentrale weiterleiten – alles so ruhig und so schnell wie möglich.

Für die Abteilungen K und L bin ich verantwortlich, insgesamt dreißig Zimmer. Das sollten Sie nicht unterschätzen. Wenn die alle gleichzeitig belegt werden, hat man alle Hände voll zu tun.

Und von der Bilderfassung ganz zu schweigen. Sie

setzt im selben Moment ein, und das macht die Sache so mühsam. Man muss überall gleichzeitig sein.

Einer der Neuankömmlinge, eine junge Frau, wird bestimmt gucken wollen. Da gehe ich jede Wette ein. Sie wollte nicht einschlafen. Oder besser gesagt, sie schlief unruhig, rollte den Kopf hin und her, stöhnte zuweilen, und ich sah Bewegung unter ihren geschlossenen Lidern. Das kenne ich. Es bedeutet, dass alles zu schnell gegangen ist, dass sie noch enorm viel Energie hat. Sie wird lange schlafen müssen, um etwas davon loszuwerden.

1

Ich erwache mit Kopfschmerzen. Das spüre ich als Erstes. Ich sehe einen Mann, der sich über mich beugt und mich vorsichtig an der Schulter fasst. Ich frage: »Wo bin ich?« Er sagt, das würde ich schon merken, ich solle mich erst einmal ankleiden. Ankleiden? Ich ziehe die Decke weg und sehe, dass ich nur meine Unterwäsche anhabe. Meine Sachen hängen über einem Stuhl neben dem Bett – ordentlich zusammengefaltet, als hätte man sie inzwischen gewaschen. Mich friert. Doch der Mann sagt, ich würde mich schon an alles gewöhnen.

Warum erzähle ich das? Zur Warnung. Jeder hat die absurdesten Vorstellungen davon, wie es hier ist. Ich früher auch. Oder, na ja, so viele Gedanken habe ich mir eigentlich nicht darüber gemacht. Ich fand, das sei Unsinn. Doch das hier ist die Realität. Und sie ist anders, als man denkt. Ich weiß noch nicht genau, wie es abläuft, aber ich habe ein banges Vorgefühl. Ich weiß es nicht. Ich wage es noch nicht, daran zu denken …

Also ziehe ich mich an, während sich der Mann taktvoll abwendet. Ein Sommerkleid, das ich mir mal im Urlaub gekauft habe, und das Gerard sehr mag. Wie kommt es hierher, hatte ich es an? Und wie geschwollen meine Füße sind. Das sollen meine Schuhe sein? Ich erkenne sie nicht wieder und weise darauf hin. Doch der Mann sagt erneut, ich würde mich schon an alles gewöhnen. Er ist klein von Statur und hat angegraute Schläfen. Mit seinem Kittel wirkt er wie ein altgedienter Lagerarbeiter, den nichts mehr erschüttern kann und der nur noch auf seine Rente wartet.

Er geht vor mir her, aus dem Zimmer hinaus, einen Flur entlang. Wir durchqueren zusammen mehrere Gänge, und ich frage immer nur: »Wo bin ich, was ist das hier?« Er antwortet mir nicht gleich. Dann sagt er: »Sie sind doch gerade aufgewacht – kommen Sie erst mal ein wenig zur Ruhe.« Ruhe, wieso Ruhe? Ich bin gerade aufgestanden. Ich will verdammt noch mal wissen, wo ich bin und wie lange ich da gelegen habe. Er murmelt was von Abteilung soundso und Zimmer soundso viel, schließt halb die Augen, als müsse er etwas ausrechnen, und sagt dann: »Ungefähr ein Jahr.«

Ungefähr ein Jahr!

Ich schaue ihn an. Er setzt an, etwas zu sagen, aber ich will es nicht hören. Ich renne bis zum Ende des Ganges – dort ist eine Tür: verschlossen. Zurück, in einen anderen Gang: wieder eine verschlossene Tür. Alle Türen sind verschlossen, ich kann nirgendwo hin. Ich verkrieche mich in eine Ecke, sehe den Mann auf mich zukommen. Er sagt: »Jetzt mal langsam, immer mit der Ruhe.« Er könne mich ja verstehen, es sei für jeden schwer, vor allem am Anfang. Aber ich solle mich noch kurz gedulden, er wolle mir etwas zeigen – was mich bestimmt interessieren würde.

Er führt mich in ein Zimmer mit lauter Videogeräten. Ich weiß, dass das idiotisch klingt, aber ich kann nichts dafür. Es ist einfach so, warum sollte ich lügen? Drei Monitore, eine Bedienungsleiste mit Knöpfen und ein riesiger Schrank mit Videokassetten. Ich werfe einen Blick darauf. Sie sind numeriert und nach Datum geordnet: 1. Januar 2005, Tape A, B und C – 2. Januar, 3. Januar. Was mag da drauf sein?

Unterdessen erklärt mir der Mann, wie alles funktioniert. Er schaltet ein Gerät ein, dreht an den Knöpfen, bis ein deutliches Bild erscheint, und sagt dabei ständig: »Keine Angst, Sie müssen nicht, ich zeige Ihnen nur, wie's funktioniert, für den Fall, dass. Hier haben wir ein neutrales Bild, schauen Sie, ganz harmlos …«

Ich blicke kaum hin. Ich denke: Meine Güte, fällt denen hier nichts Besseres ein als dieses alberne Video? Dann sehe ich das angeblich neutrale Bild aus den Augenwinkeln und bekomme einen Mordsschreck. Es ist Noortje, vor dem Fenster unseres Hauses. Sie sitzt in ihrem Körbchen auf der Fensterbank – hebt den Kopf, als würde sie merken, dass jemand sie anschaut. Nun sehe ich auf der rechten Seite des Bildes einen Schatten. Die Haustür geht auf, Noortje springt weg, eine Person geht hinein. Ist das Mark? Es ist, als würde mir ein Messer in den Rücken gestoßen. Ich renne schreiend aus dem Zimmer.

Wieder verschlossene Türen, und dieser Mann, der hinter mir herrennt und versucht, mich zu beruhigen. Er sagt: »Sie müssen nicht, es geht auch später. Wir können es auch sein lassen. Immer mit der Ruhe, Sie müssen nicht. Ich wollte es Ihnen nur zeigen, für den Fall, dass.«

Ich zittere am ganzen Leib. Was ist das hier, was wollen die von mir? Warum lassen sie mich nicht in Ruhe? Ist das ein Traum, aus dem ich gleich erwache? Ich will hier weg, aber wohin? Ist hier denn niemand, der mir helfen kann?

Der Mann ist ein paar Schritte von mir entfernt stehen geblieben. Als er sieht, dass ich mich einigermaßen beruhigt habe, legt er behutsam seine Hand auf meinen Arm und geht mit mir den Gang hinunter. Er nimmt einen Schlüssel – jetzt öffnen sich die Türen – und wir kommen in einen breiteren Gang mit einem hohen, altmodischen Plafond.

Ich bleibe stehen. In der Ferne leises Stimmengemurmel, und das Erste, was ich fühle, ist Erleichterung: Menschen! Ich bin hier nicht allein.

Der Mann bemerkt es, er sagt: »Schauen Sie sich erst einmal in aller Ruhe um, dann sehen wir weiter. Falls Sie mich brauchen: Ich bin hinter dieser Tür. Klingeln Sie einfach, später bekommen Sie eventuell einen Schlüssel.«

Dann verschwindet er durch die Tür. Ich höre, wie er sie auf der anderen Seite wieder abschließt.

2

Ich stehe da und lausche. Es herrscht ein Stimmengewirr wie auf einem Empfang. Die Leute müssen hinter einer Ecke sein, sie sind noch unsichtbar für die Eintretenden. Man hängt seinen Mantel auf, wirft noch einen Blick in den Spiegel und fragt sich, wer wohl alles da ist, ob man Bekannte treffen wird.

Hier gibt es keinen Spiegel, ich habe auch keinen Mantel. Und was hier fehlt, ist das Gläserklirren. Doch das ist mir in dem Moment noch nicht bewusst. Ich gehe weiter und gelange in einen riesigen, hohen Saal. Hier sind Menschen, sie verlieren sich fast im Raum. Sie schlendern ein wenig umher, schauen sich ein bisschen um. Aber das Verrückte ist: Hier gibt es eigentlich nichts zu sehen. Keine Fenster, nichts Schmückendes, überhaupt nichts.

Ich stehe da und schaue. Zunächst fällt mir auf, dass mich niemand beachtet. Als wäre mein Auftreten ihnen völlig gleichgültig. Als wäre ich zu spät gekommen: Der Empfang ist schon vorbei, die Getränke sind alle – sie erwarten niemanden mehr. Nur ein etwa vierzehnjähriges Mädchen mit langen dunklen Haaren bleibt einen Augenblick stehen und schaut mich an. Sie lächelt mit traurigem Blick, geht dann weiter.

Mein erster Impuls ist, durch diese Tür zurückzugehen. Einfach weglaufen – ich bin auf dem falschen Empfang, tut mir leid. Doch dann müsste ich klingeln, und was dann? Der Mann mit seinem »Immer mit der Ruhe« würde aufmachen, und was sollte ich ihm sagen? Also hole ich tief Luft, nehme all meinen Mut zusammen.

Ich gehe durch den Saal und sehe mich um. Hohe Wände, ein noch höherer Plafond, ein bisschen wie in einer Kirche oder in einem Museum. Abgetretenes Parkett, das hin und wieder etwas knarrt, glänzend von den vielen Füßen, die darüber gelaufen sind. Und ein kühler Luftzug, als stünde irgendwo ganz weit weg eine große Tür offen.

Ich schaue. Eigentlich suche ich nach Bekannten, bekannten Gesichtern, wie man das auf einem Fest oder einem Empfang macht. Ein alter Mann mit Stock schlurft blicklos an mir vorbei. Ein paar Frauen unterhalten sich leise. Eine davon schaut mich kurz an, ohne mich wirklich zu sehen. Auf den Sofas an der Seite sitzen Menschen allein wie Mauerblümchen und starren ausdruckslos vor sich hin.

Nach dem ersten Saal kommt der nächste, dann wieder einer, und noch einer. Es ist buchstäblich endlos: Eine überdachte Innenstraße ohne Fenster, die ewig weitergeht. Gedämpftes Licht an den Wänden, eine kühle, muffige Atmosphäre. Und überall dieses wesenlose Schlurfen, dieses windstille Stimmengemurmel, das in der Höhe verschwindet. Wie in einem Museum, nur ohne Kunst.

Bei den Trennwänden zwischen den Sälen, dort, wo die Wand einen kleinen Knick nach innen macht, gibt es eine Art Nischen. In jeder dieser Nischen steht ein Monitor oder eine Art Fernsehgerät auf einem kleinen Tisch. Und um jeden Monitor hat sich ein Grüppchen Menschen versammelt. Ich gehe zu einem dieser Monitore hin, blicke auf ein Schwarzweißbild einer Straße, von oben aufgenommen. Rechts eine Baumreihe, links Häuser, ein Bürgersteig, etwas, was ein Laden sein könnte. Einer der Umstehenden zeigt auf den Laden und sagt, das sei früher eine Wäscherei gewesen. Ein anderer erklärt, er habe in der Straße dahinter gewohnt, in der Emmastraat. Hinter den Bäumen sei früher ein Wäldchen gewesen – als Kind habe er dort noch gespielt. Die anderen hören mit teilnahmsloser Miene zu. Als plötzlich ein Fahrrad durch das Bild fährt, kommt für einen Augenblick Leben in die Gesichter. Ein Radfahrer! Sie schauen einander an. Wer könnte das sein? Wo mag der hinfahren?

Ich gehe weiter. Zähle die Säle ab, weil ich Angst habe, mich zu verlaufen. Denn ein Saal gleicht dem anderen, und es ist kein Ende in Sicht. Überall dasselbe Bild: schlendernde und schlurfende Menschen, sie kommen nirgendwoher, gehen nirgendwohin. Sogar die TV-Bilder gleichen sich: ein Platz, eine Straßenecke, ein Park mit einer Bank. Und hin und wieder ein lebendiges Wesen: ein Mann, ein Hund, ein Kind auf einem Fahrrad.

Beim siebten Saal gebe ich auf. Das kann noch stundenlang so weitergehen, und mir tun die Füße weh. Und deshalb setze ich mich auf ein Sofa an der Seite, ziehe die Schuhe aus und massiere meine Zehen. Sie sind steif und kalt wie mein ganzer Körper.

Ich sitze da und betrachte die sich langsam bewegenden Leute. Eine grauhaarige, gebeugte Frau mit einem Täschchen, das sie ängstlich umklammert. Ein dicker Mann, der ab und zu stehen bleibt, um sich mit einem Taschentuch den Schweiß vom Gesicht zu wischen. Unwillkürlich suche ich das dunkelhaarige Mädchen, entdecke sie aber nicht.

Alle sehen müde aus, erschöpft – bin ich das auch? Im Bruchteil einer Sekunde sehe ich wieder das Auto von rechts. Fühle, wie mein Unterleib von einer großen Schere abgetrennt wird. Ich betaste meine Beine, meinen Unterkörper, alles ist noch dran.

Ich werde nicht plötzlich aufwachen – das ist mir inzwischen klargeworden. Ich bin wach. Aber was soll ich hier, welchen Sinn hat das? Soll ich in dieser Masse aufgehen, eine von ihnen werden, eines dieser schweigenden Mauerblümchen? Kalte Angst schnürte mir die Luft ab: Hier sitze ich, es interessiert niemanden. Ich kann durch sieben weitere Säle gehen, es ist völlig egal. Das Einzige, was sie aus ihrer Apathie reißt, ist ein Mann auf dem Fahrrad, der irgendwo um die Ecke biegt. Wo sind

Mark und Gerard und Astrid? Wo ist Noortje? Was hat man mit mir gemacht?

Ich hole tief Luft und schreie laut. Das heißt: Es fühlt sich an, als würde ich schreien, aber ich höre nicht viel mehr als ein leises Wimmern. Einige Leute blicken einen Moment zur Seite, gehen dann wieder weiter.

Ich halte die Hand vor den Mund, huste, räuspere mich. Scham und Wut überkommen mich, doch was kann ich tun? Jemandem an die Gurgel springen? Einen der Monitore zertrümmern? Und dann, was dann? Mir ist bewusst, dass ich nichts tun kann, rein gar nichts, und ein Gefühl unsagbarer Einsamkeit überwältigt mich. Tapfer sein, kein Selbstmitleid, denke ich noch kurz, spüre aber im selben Augenblick, wie mir die Tränen kommen.

Ich sitze vielleicht eine Stunde da, in Gedanken versunken, dumpf vor mich hin starrend, genau wie die anderen. Bis mir die Kälte tief in den Körper kriecht. Dann stehe ich auf, gehe durch die sieben Säle zurück bis zu der Tür, durch die ich gekommen bin, und drücke auf die Klingel.

3

Er öffnet mit einem Blick, als habe er mich bereits erwartet – was mich gleich wieder wütend macht. Ich sage: »Sie wollten mir doch was zeigen, was so wichtig für mich sein soll?«

Er nickt.

»Na, dann mal los. Zeigen Sie es.«

»Sind Sie sicher?«

»Wieso?«

Er zögert.

»Weil ... Die Erfahrung lehrt – wenn Sie einmal angefangen haben, können Sie nicht so schnell wieder zurück.«

»Womit angefangen?«

Er schaut mich an, als wolle er noch etwas sagen. Beschließt, es dabei zu belassen, und geht vor mir her in den Gang.

Ich zähle die Türen ab, die Seitengänge. Hinter einer der Türen klingt leise Musik, hinter einer anderen höre ich Stimmen. Schließlich gelangen wir wieder in den

Raum, in dem ich schon einmal war – es ist die sechzehnte Tür. Er öffnet sie mit einem Schlüssel, das war mir vorher nicht aufgefallen.

Er knipst das Licht an, zeigt auf einen Stuhl.

»Setzen Sie sich …«

Es ist der Stuhl vor dem Tisch mit den drei Monitoren. Er stellt sich neben mich, weist auf die Bedienungsleiste.

»Mit diesem Knopf schaltet man an und aus. Hier werden die Kassetten eingelegt, sehen Sie?«

Er nimmt eine aus dem Schrank, steckt sie in einen Schlitz.

»Sie sehen, wir sind hier noch sehr altmodisch. Aber warum auch nicht. Alles funktioniert, ganz einfach: abspielen, vor, zurück – ach was, das kennen Sie ja.«

Er drückt auf *eject,* nimmt die Kassette wieder heraus.

»Damit können Sie scharf stellen, und damit können Sie das Bild steuern …«

Er zeigt auf ein mausähnliches Ding, schiebt es zu mir hin.

»Versuchen Sie's mal …«

Ich zögere. Nun ist kein Band in dem Gerät – was soll dann zu sehen sein? Und was ist auf den Bändern überhaupt drauf? Er bemerkt mein Zögern, macht ein Zeichen.

»Versuchen Sie's …«

Ich berühre die Maus, schiebe sie hin und her.

Auf dem dunklen Schirm werden Lichter sichtbar. Ich verrücke die Maus: Die Lichter bewegen sich. Nach mehrmaligem Hin- und Herschieben sehe ich, was es ist: eine nächtliche Straße, Laternenpfähle.

»Sie können auch ein- und auszoomen, sehen Sie? Einzoomen, kurz scharf stellen, und dann wieder zurück ...«

Seine Hand bewegt sich über die Bedienungsleiste, um es vorzumachen, aber ich schiebe die Hand weg. Weil ich die Straße erkannt habe. Es ist *unsere* Straße: der Rasen mit dem Springbrunnen, der Briefkasten an der Ecke, die Fahrräder von Mark und Astrid am Zaun ...

Ich hole die Fahrräder näher heran, stelle scharf.

»Wenn Sie jetzt weitermachen ...« Er sucht nach Worten. »Ich meine, ab hier ist es mehr oder weniger Ihre eigene Verantwortung. Was dort passiert, oder passiert ist – darauf haben wir keinen Einfluss.«

Ich schaue ihn an. »Wie meinen Sie das?«

»Na ja, Sie sollten sich gut überlegen, ob Sie sehen wollen, was gerade in diesem Moment unten passiert.«

»Unten ...«

»So nennen wir das. Sie verstehen, was ich meine.«

Mir ist klar, dass er recht hat, und das ärgert mich. Es ist ein wichtiger Schritt. Jetzt kann ich noch zurück, aber gleich ...

»Was wäre die Alternative?«

»Nun, äh ...«

»Zurück in diese Säle, und da endlos auf und ab gehen? Zwischendurch ein Bild von einer Straßenecke?«

»Es gibt Menschen, denen reicht das aus. Menschen, die Ruhe suchen, die bewusst Abschied genommen haben ...«

Ruhe. Abschied. Ich schaue auf die Fahrräder von Mark und Astrid und weiß, dass ich mich schon entschieden habe.

Der Mann scheint das zu merken.

»Brauchen Sie mich noch?«

Ich schüttle den Kopf, ohne ihn anzusehen.

»Dann gebe ich Ihnen den Schlüssel.« Er legt das Ding vor mich hin. »Und sollten Sie Fragen oder Probleme mit der Technik haben, können Sie immer bei mir klingeln.«

Er zeigt auf einen Knopf an der Wand, geht hinaus und schließt leise die Tür hinter sich.

Da sitze ich.

Ich zoome noch einmal auf die Fahrräder, betrachte sie von allen Seiten. Mark hat vergessen, seine Batterielämpchen abzunehmen – eins brennt noch ganz schwach. Wo ist er gewesen? Welcher Tag ist heute eigentlich? Und wie spät ist es?

Ich versuche, das Bild zu drehen. Das geht noch etwas ruckelnd, doch dann habe ich das ganze Haus auf dem Bildschirm. Die Wohnzimmerfenster sind dunkel, die Vorhänge in unserem Schlafzimmer zugezogen.

Was nun?

Kann ich vielleicht einfach an der Tür klingeln? Der Gedanke gefällt mir für einen Moment. »Hallo, da bin ich wieder …« Erstaunte, ungläubige Blicke. Doch gleich danach wird er von einem anderen Gedanken überschattet, der so furchterregend ist, dass ich ihn nicht zulasse und verdränge. Nein, nicht klingeln. Außerdem kann ich's gar nicht. Ich habe keine Arme, keine Finger – nur dieses Bild.

Ich navigiere mit der Maus durchs Bild und versuche näher an die Tür heranzukommen. Ich sehe unsere Namensschilder, mein Name steht noch da, und schon bin ich im Haus. Ich bin einfach durch die verschlossene Tür gegangen …

So geht das also. Ich brauche nur die Maus zu bewegen und kann überall hinein. Ich blicke in die Diele, wo eine kleine Lampe brennt. Das ganze Haus liegt nun offen vor mir, dennoch zögere ich erneut. Was hatte der Mann noch gesagt? »Auf Ihre Verantwortung. Kein Einfluss auf das, was dort passiert.« Verkrafte ich das?

Im selben Moment wird mir klar, dass ich keine Wahl habe: Da ich nun weiß, dass es möglich ist, muss ich es auch tun. Also navigiere ich weiter in das Bild hinein. In der Diele kann ich wählen: Küche, Hinter- oder Wohnzimmer. Ich entscheide mich für Letzteres, gehe etwas ungeschickt durch die offenstehende Tür hinein.

Noortje liegt schlafend auf der Couch, ihrem Stammplatz. Ich bin so froh, sie wiederzusehen, dass ich heulen könnte. Während ich langsam auf sie einzoome, hebt sie das Köpfchen und guckt neugierig in meine Richtung. Stimmt es also doch, dass Katzen solche Dinge spüren? Ich gehe so nah wie möglich an sie heran, doch sie hat den Kopf wieder auf die Pfötchen gelegt und schlummert weiter.

Ich bewege mich weiter durch das Zimmer. Auf der Uhr des Videos ist es 3.35. Auf einer Zeitung steht das

Datum 16. Januar 2006 – tatsächlich ein Jahr später. Und Gerard raucht offensichtlich wieder. Ansonsten ist nicht viel zu sehen, also gehe ich die Treppe zum ersten Stock hinauf.

Die Tür zu Astrids Zimmer ist halb geöffnet. Sie liegt auf der Seite, hat Bazip, ihren Kuschelhund, an sich gedrückt. Ich betrachte sie, ihre Sachen über dem Stuhl, die Zeichnungen an der Wand. Gern würde ich ihre Bettdecke etwas höher ziehen, aber mein Unvermögen, dies nicht zu können, wird durch das herrliche Gefühl ausgeglichen, dass wenigstens dies möglich ist: Ich bin da und kann sie anschauen.

Dann gehe ich zu Mark. Der hat sich so in die Bettdecke eingemummelt, dass ich ihn nicht sehen kann. Ich zoome ganz dicht heran, beuge mich sozusagen über ihn. Es fühlt sich an, als hätte ich einen Körper mit Armen und Beinen – aber er ist durchscheinend, ein Schatten. Ich lege meine Hand auf die Bettdecke, versuche ihn zu berühren, doch er merkt es nicht. Er dreht sich nur langsam im Schlaf um. Ganz kurz schaue ich direkt auf seine geschlossenen Augen – bettelnd und schreiend, er möge sie öffnen. Doch sie bleiben geschlossen, und ohne etwas gesehen zu haben, taucht er wieder ab.

Schließlich gehe ich zu unserem Schlafzimmer. Es mag komisch klingen, aber eigentlich hatte ich das nicht geplant. Ich muss Gerard nicht sehen, nicht nach allem, was passiert ist. Und dennoch ist es etwas Unvermeidliches, ein Automatismus. Ich kann nicht hier sein und ihn nicht sehen.

Also gehe ich hinein.

Ich sehe seine Sachen auf dem Stuhl, seine Armbanduhr neben dem Bett – inzwischen ist es schon eine Stunde später – und ein Buch von einem gewissen Kluun auf dem Nachtkästchen, mit dem Titel »Ohne sie«. Wirklich passend …

Er liegt auf dem Rücken, und etwas liegt auf ihm. Sein eigener Arm? Nein, ein fremder Arm, der Arm einer anderen. Ich folge diesem Arm, sehe den Kopf einer blonden Frau, ihr Gesicht liegt halb auf ihm.

Gerard liegt neben einer anderen Frau!

Mir entfährt ein Schrei. Die Maus schießt aus meiner Hand – das Bild verschiebt sich mit einem Ruck. Plötzlich bin ich weg von diesem Haus, bin wieder in dem kleinen Zimmer mit den Monitoren. Ich stehe auf, laufe ein paarmal hin und her, dann renne ich in Panik auf den Gang und schreie laut.

Weiter hinten geht eine Tür auf – ein alter Mann schaut mich mit verstörtem Blick an. Kurz ist mir danach, ihn zu beschimpfen, doch ich lächle ihn entschuldigend an, nicke freundlich, dass es wieder in Ordnung ist.

Aber es ist keineswegs in Ordnung. Am liebsten würde ich fliehen, doch wo kann ich hin? Zurück in die Säle, zu dem Empfang ohne Getränke? Zurück zu dem Mann im Kittel? Der würde mir garantiert erklären, dass ich es akzeptieren müsse. Dass es für jeden am Anfang schwer sei, das Leben dort unten aber nun mal weitergehe, und dass ich später …

Ich möchte auf jemanden einschlagen, Dinge zerscheppern. Denn ich habe diese Frau erkannt, sofort. Sylvia Bender, unsere liebgewonnene und sorgsame Hausfreundin. Die Schlampe! Sie war es also. Die ganze Zeit. Wie lange schon? Wie lange lief diese Sache schon?

4

Ich gehe in mein Zimmer zurück, verschließe die Tür von innen. Wenn das das Spielchen ist, das sie hier spielen wollen, dann können sie es haben. Keine neutralen Bilder mehr – Krieg! Ich weiß noch nicht, wie, aber ich werde es ihnen zeigen, ich werde zurückschlagen.

Ich gehe zum Schrank mit den Videokassetten, sehe sie mir noch einmal genauer an. 1. Januar 2005 – das war der Tag des Unfalls! Irgendwer hat das also für mich festgehalten. Jeder Tag des ganzen Jahres, in dem ich angeblich geschlafen habe, wurde aufgezeichnet. So ein Glück, was für eine Chance! Nun kann ich sehen, was sie da unten getrieben haben. Ob der Mann gewusst hat, dass ich das sehen wollte? Nun ja, ist im Grunde auch egal.

Früher habe ich manchmal gedacht, es wäre spannend, seiner eigenen Beerdigung beizuwohnen. Aus einiger Entfernung, unsichtbar, mal sehen, wer alles gekommen ist. Wer hält eine Rede, wer bricht in Tränen aus, wer hält wessen Hand?

Damals war es ein reizvoller Gedanke, nun aber ist es bittere Realität. Und es zerreißt mir das Herz! Astrid hat ein Gedicht gelernt und trägt es nun ohne zu stocken vor. Mark wird etwas ungeschickt vorgeschoben und legt ganz vorsichtig ein Blumensträußchen auf meinen Sarg. Gerard hat von dem Unfall noch einen Arm in Gips und Heftpflaster im Gesicht.

Und sieh an, auch da schon steht ihm Sylvia fürsorglich zur Seite. Ich beobachte sie die ganze Zeit, und als die Musik einsetzt und Gerard langsam in sich zusammensinkt, sucht ihre tröstende Hand die seine. Er ergreift diese Hand, anscheinend gedankenlos, automatisch. Niemand sonst sieht es, nur ich.

Sie haben es schlicht gehalten – kein Umtrunk hinterher, nur eine Tasse Kaffee und ein wenig Geplauder. Sylvia bietet ihm an, auf die Kinder aufzupassen, falls er an dem Abend allein sein oder etwas anderes tun möchte. Möchte er allein sein? Nein, er will bei Astrid und Mark bleiben. Ich sehe, dass Sylvia kurz wartet, ob er sie dazu einladen wird – er tut es nicht.

Dieser Abend, der Abend nach meinem Begräbnis, ist der traurigste, den ich je gesehen habe. Sie kommen nach Hause, Gerard möchte ein bisschen aufräumen und ist auf einmal in einen herumliegenden Brief vertieft. Astrid sieht es, geht in die Küche und gibt Noortje Futter. Auf den Fersen sitzend schaut sie der Katze beim Fressen zu. Mark ist hinauf in sein Zimmer gegangen. Dort sitzt er eine Weile auf dem Bett und starrt vor sich hin. Dann schaltet er den Computer an, klickt eine Weile hin und her.

Von unten ruft Gerard, ob jemand Hunger habe, ob sie etwas zu essen holen sollen. Mark reagiert nicht, Astrid möchte nichts. Gerard schenkt sich etwas ungeschickt ein Glas ein, da sein rechter Arm eingegipst ist. Astrid setzt sich zu ihm, als wolle sie ihn trösten. Gerard fragt, wo Mark sei, ruft, er solle runterkommen.

Schließlich kommt auch Mark. Er guckt zu Astrid und Gerard, der ihn mit einer Geste auffordert, sich dazuzusetzen. Er tut es, zögernd, und da sitzen sie nun zu dritt beisammen.

Gerard spürt, dass er etwas sagen müsse. Er fragt, wie der Tag für sie gewesen sei.

Mark zuckt die Achseln. Astrid sagt, sie habe Angst gehabt, zu viel weinen zu müssen, aber dann sei es doch ganz gut gegangen. Gerard stimmt ihr zu, lobt sie für ihr Gedicht. Er sagt, wenn sie noch ein paar Tage schulfrei haben wollten, sei das in Ordnung; dann würde er ihnen eine Entschuldigung schreiben. Aber Astrid möchte wieder in die Schule.

Und dann fragt Mark unvermittelt: »Hattet ihr Streit?«

»Streit, wieso?«

»Weil ihr euch so angebrüllt habt. Es war wegen mir, weil ich aufs Dach geklettert war.«

Gerard blickt ihn an, und plötzlich wird ihm klar, warum Mark diese Frage stellt. Er sagt: »Mama und ich haben uns öfter mal gestritten. Das hatte nichts mit euch zu tun, wir hatten nun mal unterschiedliche Ansichten, waren nicht immer einer Meinung, und dann hat es schon mal geknallt. Aber der Unfall – das war wirklich ein Unfall – dafür konnte ich nichts, es ging alles so schnell.«

Er schaut Astrid und Mark an. Sie sehen einander an, und ich sehe, ich fühle, dass sie in diesem Augenblick die Leere spüren, das Unwiederbringliche, dass ich nicht mehr da bin. Gerard zieht die beiden an sich, legt den nicht verletzten Arm um sie. Er versucht es auch mit dem anderen Arm, doch das tut ihm sichtlich weh. Er beißt sich auf die Unterlippe, zieht den Arm vorsichtig weg.

Astrid fängt an zu weinen. Mark guckt über Gerards Schulter mit großen Augen ins Zimmer.

Dieses Bild habe ich ganz nah herangezoomt. Es war, als hätte er mich gesehen, als hätte er gesehen, dass ich ihn anblickte.

5

Von jenem Moment an wohne ich in dem kleinen Zimmer. Ich will alle Bänder sehen – es sind mehr als tausend.

Es ist eine Qual, aber es muss sein.

Am Abend nach der Beerdigung, als die Kinder im Bett sind und Gerard schon einige Gläser intus hat, ruft er sie an. Sie freut sich über seinen Anruf. Nein, ist nicht schlimm, dass es schon spät ist, sie konnte sowieso nicht schlafen. Wie es ihm jetzt ginge? Geht so. Er spricht leise, seufzt, sagt wenig. Sie freut sich, seine Stimme zu hören. Ob sie etwas tun könne? Nein, vorerst lieber nicht. »Ich denke an dich.« – »Ich auch an dich …«

Es ist so banal, aber ich muss es sehen.

Und siehe da, einige Tage später, als er Astrid zur Schule gebracht hat und sich auf dem Heimweg befindet, geht er an unserem Haus vorüber. Ein Umweg? Eben mal frische Luft schnappen? Vielleicht zum Arzt wegen seines Arms?

Ich weiß es besser. Er biegt um die Ecke, überquert die Brücke, geht dann am Wasser entlang – zu ihr.

Er klingelt, wartet. Sie öffnet ziemlich rasch, ist noch im Nachthemd, und zieht ihn hinein. Die läufige Hündin! Hat sie ihn erwartet, hatte er angerufen? Das ist nicht aufgezeichnet. Noch im Flur, an der Haustür lehnend, küssen sie sich. Sie streift ihm unterdessen den Mantel ab, zerrt an seiner Kleidung, zieht ihn mit sanftem Zwang weiter in die Diele, die Treppe hoch, in ihr Schlafzimmer.

Er protestiert sanft. »Sei vorsichtig mit meinem Arm, au, pass auf!« Doch das ist nur gespielt – in Wirklichkeit genießt er es. Auf dem Bettrand sitzend lässt er sich entkleiden, den Pulli streift sie behutsam über den Gips. Als er auf dem Rücken liegt, zieht sie ihm langsam die Unterhose aus und setzt sich auf ihn, bewegt sich wollüstig auf und ab, ich höre ihn stöhnen …

Es ist so banal, so naheliegend, so verständlich.

Hinterher, beide sind erleichtert, unterhalten sie sich kurz darüber. Es war wunderbar – und es war klar, dass es eines Tages geschehen musste. Die Versuchung sei groß, aber es sei doch besser, es vorläufig nicht wieder zu tun. Gerade weil die Versuchung groß sei. Ob sie sich dann gar nicht treffen könnten? Doch, doch, aber anders.

So sehe ich in den darauffolgenden Wochen, wie Sylvia mit Hingabe die fürsorgliche Hausfreundin spielt. Sie geht Gerard zur Hand, bis er ganz auf dem Damm ist. Später, als er wieder arbeitet, kocht sie, macht die

Wäsche, holt die Kinder von der Schule ab. Und Mark und Astrid sind nicht argwöhnisch, denn es ist doch naheliegend, oder? Sie kennt uns schon sehr lange, wohnt in der Nähe, ist geschieden, hat keine Kinder und keinen Job. Es ist doch naheliegend, oder?

Und oh, wie vorsichtig und verantwortungsvoll sie vorgegangen sind. Das haben sie sich genau überlegt. Nicht gleich zusammenziehen, die Sache langsam angehen. Sylvia bleibt noch sehr lange die Freundin auf Distanz, die kocht und aufpasst – zumindest für die Kinder. Denn mittlerweile, bei heimlichen Schäferstündchen in ihrem Haus, treibt sie es heftig mit Gerard.

Diese Bettszenen – im Grunde will ich sie gar nicht sehen, kann sie aber auch nicht überspringen. Und kurioserweise beruhigen sie mich irgendwie. Gerard verlässt sich schon bald auf dieselben Tricks und Gewohnheiten wie bei mir. Anfangs strengt er sich noch richtig an, dann verfällt er in Automatismen, als sei Sylvia nur ein willkürlicher Ersatz. Und ich sehe, wie Sylvia sich relativ schnell damit abfindet.

Die Kinder haben intuitiv durchschaut, was auf sie zukommen wird. Eines Abends gegen Ende des Sommers ruft Gerard sie zu sich. Er teilt ihnen mit, dass er und Sylvia inzwischen »mehr füreinander empfinden« und fragt, was sie davon hielten, wenn sie bei ihnen einziehen würde. Astrid findet es prima, für sie scheint es okay zu sein. Mark sagt nach langem Schweigen: »Wenn ich nein sage, kommt sie dann nicht?«

»Warum solltest du nein sagen? Magst du sie nicht?«

(Darum geht's nicht, Scheißkerl!)

Stille.

»Ist doch schön, dass sie uns so hilft. Und wenn sie bei uns wohnt, ist es viel einfacher.«

(Red keinen Quatsch – du willst nur eine im Bett.)

Stille.

»Und warum willst du es nicht? Sag's mal ehrlich.«

Was soll ein neunjähriger Junge in so einem Moment sagen? Er weiß, dass die Sache schon entschieden ist, dass er in der Minderheit ist, dass es sowieso passieren wird. Man lässt ihm höchstens etwas Zeit, um sich daran zu gewöhnen.

So kommt Sylvia, lieb und behutsam, in unsere Familie. Ich habe von dem Jahr vieles übersprungen, weil ich es mir eigentlich denken konnte. Das Leben ging einfach weiter, und dem Anschein nach gab es nur wenig, was an mich erinnerte. Ein Foto auf einem Schränkchen, ein paar Kleidungsstücke und persönlicher Kram in einem Karton hinten im Schrank. Wen kümmerte das noch?

Bevor ich weitererzähle, muss ich etwas zu diesen Videokassetten sagen. Es sind drei pro vierundzwanzig Stunden, drei Bänder von je drei Stunden Dauer. Anfangs habe ich versucht, ein System darin zu erkennen. Sie schlossen zum Beispiel nicht aneinander an – also nicht etwa neun Stunden Aufzeichnung hintereinander, sondern ziemlich beliebig über den Tag und die Nacht verteilt. Meistens sah ich unseren häuslichen Tagesablauf, also Aufstehen, Frühstück, Abendessen und das ganze Drumherum. Aber manchmal sah ich auch ein Fußballspiel von Mark, eine Ballettstunde von Astrid, ein heimliches Schäferstündchen in Sylvias altem Zuhause. Häufig startete die Aufnahme mittendrin und hörte genauso unvermittelt auf.

Allmählich ist mir klargeworden, wie die Aufnahmen zustande gekommen sein müssen. Ich sah einen Mann vor mir, so einen wie der im Kittel, der mich aufgeweckt hatte. Er sitzt in einem Raum mit mindestens fünfzehn Monitoren, die er alle im Auge behält: auf jedem Bildschirm Häuser und Menschen, die er verfolgen und festhalten muss. Er legt die Kassetten ein und nimmt sie raus, drückt auf *Start* und *Stopp*, ersetzt die vollen Bänder durch neue, beschriftet sie mit Namen, Datum und einer Zahl, verwahrt sie in fünfzehn verschiedenen Schränken. Aber durch das ganze Hin und Her ist er manchmal zu spät dran, und mitunter vergisst er eine Aufnahme, die dann eben weiterläuft. Er sieht beispielsweise Astrid in Tränen aufgelöst, weil Noortje krank ist, und startet das Band. Aber dann verlangt ein anderer Monitor seine Aufmerksamkeit. In der Zwischenzeit stellt sich heraus, dass Noortje so krank nicht ist, und doch sieht man stundenlang, wie sie in ihrem Körbchen liegt und schläft.

Am Anfang habe ich mich über das schlampige, willkürliche Aufzeichnen geärgert. Denn ich wusste nie, ob noch was kommen würde, und oft starrte ich stundenlang auf ein so gut wie unbewegtes Bild. Doch nach und nach versöhnte ich mich damit, weil meine Geduld zuweilen belohnt wurde, und das machte alles wieder gut.

So wie in der Nacht, als Mark aufstand, weil er auf die Toilette musste. Er hatte schon ein paar Stunden geschlafen, und ich hatte das meiste dieser Zeit schnell vorgespult. Irgendwann stand er auf, um aufs Klo zu gehen. Er spülte, wartete, bis es still war, ging aber nicht wieder ins Bett. Stattdessen schlich er zu einem Schrank im Flur, den er vorsichtig aufschob. Er wartete wieder, horchte, ob er etwas hörte. Dann hockte er sich hin und zog aus dem Dunkel einen Karton hervor. Es war ein Karton mit Kleidungsstücken, meinen Sachen. Er kramte darin, holte sie einzeln heraus: eine Hose, eine Jacke, ein T-Shirt. Auf der Hose und dem T-Shirt waren dunkle Flecken, und plötzlich sah ich, dass es Blutflecken waren. Die Sachen hatte ich am Tag des Unfalls getragen. Gerard hatte sie, aus welchem Grund auch immer, nicht weggeworfen, und Mark wusste offensichtlich, dass sie dort lagen. Er nahm meine Jacke und vergrub sein Gesicht darin, minutenlang. Bis es auf dem Bild plötzlich schneite – das Band war voll.

Diese letzten Minuten habe ich oft zurückgespult. Die Kassette liegt an einem gesonderten Platz, und ab und an habe ich ganz impulsiv das Bedürfnis, mir diese Bilder anzuschauen. Sie stimmen mich nicht froh, aber sie schenken mir Ruhe – ich fühle mich wie ein Junkie, der einen trübsinnigen Genuss aus seiner Sucht zieht.

6

Eine Zeitlang ist also das Jahr, jenes Jahr, in dem ich geschlafen habe, wichtiger als die Gegenwart. Ich muss und ich werde alles sehen, weil ich Angst habe, etwas zu versäumen. Ein Jahr nachholen – es wird zur Obsession.

Und ich werde nicht müde.

Diese Abwesenheit von Schlaf ist mir zuerst gar nicht bewusst geworden. Ich weiß nicht einmal, ob es Tag oder Nacht ist. Tag und Nacht existieren nicht.
Die einzige Möglichkeit, mitzubekommen, wie die Zeit verstreicht, ist der Blick hinunter: Dann gehe ich in unser Haus, um nachzusehen, welcher Tag gerade ist, ob alle gesund sind, ob es noch was Besonderes gibt. Ich führe einen Kalender für mich selbst und notiere darin die Geburtstage, wichtige Verabredungen und Ereignisse.

So stelle ich hinterher fest, dass ich mir wochenlang,

ununterbrochen, Tag und Nacht, diese Videos angeschaut habe. Der Mann im Kittel hatte recht: Wer einmal damit anfängt, kommt nicht mehr davon los.

Werde ich wirklich nicht müde?

Manchmal muss ich kurz innehalten. Dann lege ich mich auf das Sofa in der Ecke meines Zimmers. Ein Weilchen die Augen schließen, die Dinge verarbeiten.

Ab und zu verlasse ich mein Zimmer und laufe ein Stück. Im Korridor, hinter den anderen Türen, höre ich mitunter Geräusche: Stimmen, Lachen, Musik. Hinter der Tür des alten Mannes klingt immer ernste, feierliche Musik. Ob er wie ich auch auf einen Bildschirm starrt? Was sieht er, was guckt er sich an? Am liebsten würde ich anklopfen und ein Schwätzchen halten, aber ich verkneife es mir.

In den großen Sälen verändert sich nichts. Dasselbe Schlurfen, dieselben Bilder auf den Monitoren, dieselben monotonen Unterhaltungen.

Einmal, als ich an einem Grüppchen älterer Frauen vorbeigehe, bleibe ich unauffällig stehen.

»Einfach ein Schüsselchen saubere Katzenstreu …«, sagt eine Frau mit kurzen, dunklen Haaren.

»… oder Holzkohle, das hilft auch«, ergänzt eine andere, während sie ihren Mantel zuknöpft.

»Vor allem bei Eisschränken, die eine Weile ausgeschaltet waren oder transportiert worden sind«, sagt eine dritte.

Wovon sprechen sie? Ich wende mich ab, fummle an meinem Schuh herum, um nicht zu sehr aufzufallen, während ich das Gespräch hinter mir weiter belausche.

»Ich fülle es immer in einen alten Nylonstrumpf und binde ihn zu …«

»Aber die Tür muss einen Spalt aufbleiben …«

»Das sowieso.«

»Manchmal reicht das nicht aus. Dann hilft nur trockener, frischer Kaffeesatz.«

»Stimmt. Der verträgt sich auch gut mit Holzkohle oder Katzenstreu …«

Ich kann nicht länger stehen bleiben, sollte wohl besser weitergehen. Aus einiger Entfernung betrachte ich das Grüppchen erneut. Ganz gewöhnliche Frauen im Mantel und mit Einkaufstasche, wie man sie am Ausgang eines Supermarktes antreffen kann. Sie reden noch ein paar Worte miteinander, bevor sich jede auf den Heimweg macht. Wo sind sie einander begegnet? Kannten sie sich? Haben sie sich hier kennengelernt? Ich weiß es nicht.

Ein paarmal gehe ich weiter als bis zum siebten Saal – ein einziges Mal bis Saal einundzwanzig. Aber auch dort ist alles das Gleiche. Langsam habe ich die Vermutung, dass die Säle sich endlos fortsetzen, und aus Angst, mich zu verlaufen, gehe ich nicht weiter.

Auf dem Rückweg, in Saal neunzehn, sehe ich auf einem Monitor ein Bild, das ich wiedererkenne: eine Brücke über eine schmale Gracht, nicht weit von dem Lokal, in dem ich früher gearbeitet habe.

Ich komme näher, höre unauffällig den Umstehenden zu.

»Die Bäume wurden schon gefällt«, sagt eine Frau.

»Ja, schade«, meint ein älterer Mann. Die anderen nicken.

»Da links ist ein Pissoir«, sagt ein junger Mann.

Ja, das weiß ich, denke ich. Da habe ich öfter mal gekotzt.

»Im Winter bei Frost, ist es auf der Brücke arg glatt«, sagt ein anderer.

»Weil da noch altes Pflaster ist«, meint ein vierter.

»Die Gracht mündet in die Boerenwetering«, erklärt ein fünfter.

»Sie wird demnächst zugeschüttet«, sagt ein sechster.

»Ja – wegen der neuen Metro …«

Unwillkürlich schaue ich mich um, ob ich Bekannte sehe, doch vergebens.

Und während ich das feststelle, beginnt das Gespräch von vorne: die Bäume, das Pissoir, die glatte Brücke, die Boerenwetering, die Metro, die Bäume – dieselben Menschen sagen dieselben Sätze, und die anderen nicken, als hörten sie es zum ersten Mal.

So läuft das also: wie bei einer Nadel, die immer wieder in dieselbe Plattenrille zurückspringt, wiederholen dieselben Leute hier dieselben Wörter. Und die anderen merken es nicht, oder sie tun jedenfalls so.

Dennoch ist es seltsam, dass ich noch keine Bekannten gesehen habe. Befinden sich die vielleicht Hunderte Säle weiter? Haben sie wie ich Angst, zu weit wegzugehen?

Dann ist die Chance auf ein Treffen natürlich gering. Andererseits: Die Leute um die Monitore herum sprechen Niederländisch. Und Eskimos oder Chinesen entdecke ich hier auch nicht. Sind die Tausende oder vielleicht sogar Millionen Säle weiter weg? Und schauen sie dann dort auf einen Monitor mit dem Bild von einer Straßenecke in China? Oder ist das alles nur eine Illusion, nicht echt – etwas, was ich mir wie in einer Art Traum vorstelle. Ich wage nicht weiter darüber nachzudenken. Die Vorstellung macht mir Angst.

Während ich in diese Gedanken versunken weitergehe, merke ich plötzlich, dass ein Blick auf mich gerichtet ist. Es ist das dunkelhaarige Mädchen, dem ich schon einmal begegnet bin. Sie ist hübsch, schlank – noch ein Teenager. Sie trägt ein langes schwarzes Samtkleid mit goldenen Stickereien auf Brust und Schultern. Sie erkennt mich auch, lächelt. Ich gehe zu ihr hin, grüße sie, frage, woher sie kommt.

Sie sagt nichts, lächelt nur.

Ich wiederhole die Frage auf Englisch, auf Deutsch. Als Antwort schüttelt sie lächelnd den Kopf und streicht sich durchs Haar. Ich verstehe nicht, was sie meint, mache eine hilflose Geste. Sie nimmt meine Hand, führt sie an ihren Kopf. Anscheinend soll ich ihr Haar anfassen – offenbar ist sie stolz darauf. Also streichle ich es, nicke bewundernd. Damit treffe ich ins Schwarze, denn sie strahlt, umarmt mich und drückt mich an sich.

Und als wir so dastehen, merke ich plötzlich, wie mir das gefehlt hat: einfach eine Umarmung, jemand, der mir nah ist. Ich erschrecke, lasse sie schneller los, als ich eigentlich wollte.

Ich sage, wer ich bin, woher ich komme, und dass ich ein paar Säle weiter in Zimmer soundso viel vor dem Monitor sitze und hinunterschaue. Sie gibt mir durch ein Nicken zu verstehen, dass sie es kapiert hat. Ich frage, warum sie nicht spricht, doch darauf antwortet sie nicht, sie schüttelt nur lächelnd den Kopf. Sie will oder kann es nicht sagen, das ist mir klar.

Also gebe ich mich damit zufrieden, streiche ihr noch einmal übers Haar, was sie sichtlich zu genießen scheint. Dann gehe ich zu meinem Zimmer zurück mit dem angenehmen Gefühl, dass ich hier oben eine Freundin habe.

7

Letzten Monat hatte Astrid Geburtstag.
Sylvia hatte eine Torte gekauft. Frühmorgens hatte sie sieben Kerzen hineingesteckt, und beim Frühstück wurde die Torte feierlich präsentiert, angeschnitten und aufgegessen. Das fand ich klug, denn so hat man am Beginn des Tages schon sein Pulver verschossen. So war es dann auch, denn nachmittags wollten alle Freundinnen natürlich auch Torte essen. Also wurde Gerard noch einmal losgeschickt, damit er zwei neue Torten besorgte.

Zwei – das fand ich nun wirklich zu viel.

Astrid hatte sich eine Minni-Maus-Armbanduhr gewünscht und eine Kunstfelljacke, genauso eine wie ihre Freundin Désirée besaß. Unsinn natürlich, aber Sylvia hatte ihren Wunsch ernst genommen und endlos Geschäfte abgeklappert. Eine Felljacke gab es nicht in der kleinen Größe, und wenn doch, war sie lachhaft teuer. Also hatte sie eine Jacke gekauft und selbst einen Pelzkragen drangenäht. Abendelang war sie bis tief in die Nacht damit beschäftigt gewesen.

Ich fand es sehr übertrieben. Sie kennt meine Tochter nicht, sie kann nicht wissen, dass es nur eine Laune ist. Nach ein paar Wochen schaut Astrid die Jacke nicht mehr an und will wieder was anderes, und die ganze Mühe war umsonst.

Aber Astrid war überglücklich. Sie zog die Jacke gleich an – sie passte. In der neuen Jacke, die neue Uhr am Handgelenk und mit einer Tüte Naschzeug zum Verteilen ging sie in die Schule. Mark wollte zu einem Freund, doch Gerard bestand darauf, dass er nachmittags zu Hause blieb. So ein Quatsch! Was hat der Junge zwischen zwölf kleinen Mädchen zu suchen?

Also lief er nur miesepetrig herum, während Sylvia sich bemühte, die Kleinen mit Spielen, Rätseln, Liedchen und Tänzchen zu unterhalten. Gerard war immer vergnügt mittendrin und fotografierte.

Und ich? Ich war morgens da, als sie aufwachte. Ich hätte sie gern zu mir ins Bett geholt, doch das ging nicht. Ich hätte gern Blumen für sie gepflückt und in einer Vase auf ihren Tisch gestellt, doch das konnte ich nicht. Ich hätte ihr gern beim Frühstück etwas Liebes gesagt, doch sie hörte mich nicht. Ich hätte gern mit ihr getanzt, doch sie spürte mich nicht.

Ich schaute ihr den ganzen Tag zu, lief um sie herum, hinter ihr her. Ich breitete die Arme aus, doch sie ging einfach an mir vorbei. Ich stellte mich vor sie hin, doch sie blickte durch mich hindurch. Und als Sylvia sie abends todmüde ins Bett brachte und Astrid halb schlafend sagte, es sei ein schöner Tag gewesen, da wurde mir bewusst, dass sie den ganzen Tag keinen Moment an mich gedacht hatte.

Ich bin noch lange in ihrem Zimmer geblieben, nachdem das Licht gelöscht war. Im Dunkeln konnte ich meinen Tränen freien Lauf lassen. Das war mein künftiges Schicksal: da zu sein und zugleich nicht da zu sein. Ein vergessener Schatten, eine vage Erinnerung, ein Foto im Schrank.

Sollte ich weggehen, still und leise verschwinden? Das konnte ich nicht.

8

Vergangene Nacht habe ich eine Entdeckung gemacht und ich könnte schreien vor Glück. Was für Chancen diese Entdeckung bietet, was für Möglichkeiten! Und wie Sylvia das noch spüren wird.

Hätte ich es früher wissen können? Wusste der Mann in dem Kittel etwas davon? Selbst wenn das so wäre, hätte ich doch Zeit gebraucht, um es zu entdecken. Das geht nicht im Handumdrehen, denke ich …

Doch ich will am Anfang beginnen.

Seit Astrids Geburtstag waren schon wieder Wochen vergangen. Dieser Tag hatte mir schwer zugesetzt. Denn was konnte ich tun? Nichts. Rumsitzen und zugucken – sehen, wie ich keine Rolle mehr spielte.

Warum sollte ich mich noch aufregen über Astrids kaputten linken Schuh oder darüber, dass Mark zu lange am Computer saß? Ich kann es doch sowieso nicht ändern.

Sollte ich besser das Gerät abschalten? Alles vergessen? Unmöglich.

Also saß ich nachts stundenlang bei ihnen am Bett.

Ich weiß, es klingt albern, doch mir fiel einfach nichts Besseres ein, als an Marks Bett zu sitzen und ihn zu beobachten. Ich habe ihn noch nie so gut kennengelernt wie in diesen Nächten. Seine Schlafhaltungen, seine Bewegungen ... Zuletzt konnte ich fast vorhersagen, wann er sich umdrehen würde.

Doch nun, heute Nacht, sah ich auf einmal ein Bild. Es schien, als würden die Wände des Zimmers verschwinden. Stattdessen erstrahlte ein helles Licht – das Licht einer Sonne, die auf uns herabschien. Durch dieses Licht hindurch ein bewegtes Glitzern: die Sonne spiegelte sich im Wasser.

Ich sah einen Wassergraben, ein bewachsenes Ufer, eine kleine Brücke. Ich erkannte die Brücke: Ganz in der Nähe hatten wir früher gewohnt. Mark hat dort oft gespielt.

Und plötzlich sah ich ihn auch – ganz zuletzt, weil er so mäuschenstill am Rand des Grabens hockte und mit den Händen im Wasser ruderte. Ich näherte mich vorsichtig und hockte mich neben ihn.

Er sah mich an und lächelte, als ob er mich erkannte.

Ich hätte schreien können vor Freude, beherrschte mich jedoch. Denn irgendwie war mir klar, dass es ein höchst fragiler Moment war, eine Seifenblase, die im Nu zerplatzen konnte. Ich blieb also ruhig, hockte neben ihm, und wir blickten beide auf das Wasser – auf die Entengrütze, die halb vermoderten Pflanzen, den Bodenbewuchs.

Dann zeigte er mit dem Finger auf einen blinkenden Gegenstand unter Wasser, der halb im Schlamm steckte. Er wollte nach ihm greifen, aber allein gelang es ihm nicht. Jemand musste ihm helfen, ihn festhalten. Also streckte er mir seine Hand entgegen. Ich ergriff sie, hielt mich mit der anderen Hand an der Brücke fest. Er beugte sich vor, fischte im Schlamm und zog das Ding heraus. Ein Taschenmesser! Ich erkannte es sofort: Dieses Messer hatte er zu seinem Geburtstag bekommen und am selben Tag verloren.

Er ließ meine Hand los, wischte das Messer an seiner Hose ab. Dann versuchte er es zusammenzuklappen, und es glückte.

Er sah mich an, lächelte mir zu.

Können Sie sich das vorstellen? Ich hatte ihn festgehalten! Ich hatte seine Hand gespürt, und er meine. Ich hatte Kontakt zu ihm. Und es schien so normal, so selbstverständlich. Ich holte tief Luft, weil ich ihm so viel sagen wollte, doch im selben Moment verflüchtigte sich das Bild. Die Sonne verschwand, die Wände des Zimmers kamen zurück, und ich saß wieder an seinem Bett. Mark schlief weiter, aber oh, wie anders nun alles war. Ich war in seinem Kopf gewesen, in seinem Traum, und er hatte mich erkannt!

Am nächsten Morgen sitze ich schon sehr früh am Frühstückstisch.

Sylvia ist dabei, Eier zu kochen. Gerard liebt Eier, das weiß sie, und für sie gehört es einfach dazu: ein weich gekochtes Ei in einem Eierbecher. Also ist sie vollauf mit einem kleinen Topf und einer Eieruhr beschäftigt, als Astrid in die Küche kommt.

Astrid setzt sich auf ihren Stuhl, nimmt einen Cracker und schlägt ihr Buch auf. Sie hat manchmal so ein Lieblingsbuch, das sie den ganzen Tag nicht aus der Hand legt. Diesmal handelt es von einer Eule, die alles Mögliche erkundet und erlebt.

Sylvia wünscht ihr guten Morgen, bekommt keine Antwort, schluckt es mit einem leichten Seufzer.

Die Eieruhr klingelt.

Gerard kommt herein. Er bekommt sein Ei, legt kurz die Hand auf Sylvias Po.

»Für dich auch ein Ei, Astrid?«

Astrid schüttelt den Kopf.

»Nein, Sylvia, vielen Dank.«

Astrid seufzt, wiederholt ohne aufzublicken: »Nein, Sylvia, vielen Dank.«

»Und leg das Buch weg.«

Wieder ein Seufzer. Astrid schlägt das Buch zu, nimmt sich einen zweiten Cracker.

Dann kommt Mark.

Ich sehe sofort den Glanz in seinen Augen. Er ist aufgeregt, muss seine Geschichte loswerden.

»Ich habe heute Nacht von Mama geträumt!«

Er setzt sich hin, streut Cornflakes in eine Schüssel.

»Ich war an dem Wassergraben, bei der kleinen Brücke im Julianapark. Pa, du weißt doch …?«

Gerard nickt.

Sylvia, die gerade eine Packung Milch aus dem Kühlschrank genommen hat, richtet sich ziemlich langsam auf. Sie steht hinter Mark und wartet, was da kommen wird.

»Auf einmal saß Mama neben mir.«

»Einfach so?«

»Ja, einfach so.«

Er greift nach der Milch, nimmt sie Sylvia ab, ohne sie eines Blickes zu würdigen. Als sei sie das Dienstmädchen.

»Sie war plötzlich da. Sie hockte auf ihren Fersen, genau wie ich, und wir haben beide ins Wasser geguckt.«

Inzwischen streut er viel zu viel Zucker auf seine Cornflakes.

Gerard will ihn rüffeln, doch Sylvia macht eine abwehrende Geste. Sie hat sich langsam hingesetzt und hört Mark zu.

»Dann habe ich das Messer gesehen. Du weißt schon, das Schweizer Taschenmesser, das ich damals gekriegt habe.«

»Zum Geburtstag.«

Gerard weiß es noch. Damals war er von der Idee nicht gerade begeistert, aber Mark hatte es in einem Laden gesehen und lag uns damit schon wochenlang in den Ohren. Ich habe mich dann durchgesetzt.

Mark gießt inzwischen Milch auf seine Cornflakes. Astrid knabbert an ihrem Cracker und liest wieder still in ihrem Buch. Niemand beachtet sie.

»Ich habe das Messer dort verloren. Und dann sah ich's im Wasser liegen, auf dem Grund. Da lag es …«

Inzwischen hat er angefangen zu essen.

»Und was hat Mama gemacht?«

»Sie hat mir geholfen. Sie hat meine Hand gehalten, ich habe mich vorgebeugt und konnte das Messer gerade so erwischen. Das Messer war noch total okay, alles hat funktioniert.«

»Und dann?«

»Nix mehr. Mehr weiß ich nicht. Aber ich geh da mal hin. Vielleicht liegt es wirklich dort.«

Er isst weiter.

Gerard blickt ganz beiläufig zu Sylvia, die gespannt zuhört. Er weiß offenbar nicht, was er dazu sagen soll, aber länger schweigen kann er auch nicht.

»Hast du schon mal von Mama geträumt?«

Mark schüttelt den Kopf, ohne aufzuschauen. Gerard wirft Sylvia wieder einen Blick zu.

»Und wie hast du es verloren, das Messer?«

Das fragt Sylvia, mit sichtbarer Mühe.

Mark zuckt mit den Schultern.

Gerard hilft. »Komm, sag es …«

»Na ja, so halt. Ich wollte ein M ins Brückengeländer ritzen, und dabei ist es mir aus der Hand gerutscht.«

»Darf ich aufstehen?«

Das ist Astrid, die ihre Cracker aufgegessen hat.

Gerard nickt. »Verdammt, jetzt fällt's mir wieder ein. Du hast dich noch in den Finger geschnitten.«

Mark legt seinen Löffel hin und betrachtet seinen Daumen, der eine ordentliche Narbe aufweist. Ich habe mich inzwischen auf Astrids Platz gesetzt, Sylvia gegenüber, so dass ich genau sehen kann, wie verwirrt sie ist. Sie streicht sich zerstreut eine Scheibe Brot, sucht nach

Worten. Endlich sagt sie zögernd: »Hast du dein Messer sehr vermisst?«

Mark reagiert kaum, und Gerard kapiert offensichtlich auch nicht, was hier gesagt wird.

Aber ich schreie es ihr direkt ins Gesicht. »Mark hat nicht das Messer vermisst, Sylvia Bender. Er *hat* mich vermisst!«

Niemand hört es.

9

Nach diesem Morgen brauche ich Zeit, um zu mir selbst zu kommen. Ich fühle mich immer noch hilflos und gedemütigt und habe mehr denn je das Bedürfnis, mich zu rächen.

Ja, ich hatte völlig unerwartet Kontakt zu Mark, aber was heißt das schon? War es Zufall? Kann ich dem Zufall ein bisschen nachhelfen?

Die einzige Möglichkeit, es herauszufinden, ist warten, nachts an seinem Bett sitzen und warten.

In den ersten Nächten tut sich nichts. Er dreht sich ein paarmal um, bewegt sich ab und zu im Schlaf, doch Bilder stellen sich nicht ein. Träumt er nicht? Oder träumt er, aber ohne mich? Habe ich nur Zugang zu bestimmten Träumen? Entscheidet er das, unbewusst? Und wenn – bei welchen darf ich dabei sein und bei welchen nicht? Was ist das Kriterium?

Vielleicht war es etwas Einmaliges. Ein glücklicher Zufall, der sich nicht wiederholt.

Ich versuche alles Mögliche. Ich lege mich neben ihn, ich drehe mich gleichzeitig mit ihm um. Es nützt nichts. Ich flüstere ihm liebe Worte ins Ohr – ohne Resultat.

Schließlich setze ich mich wieder auf den Stuhl neben seinem Bett, bereit zu warten, egal wie lange.

Zu der Art unseres nächtlichen Zusammenseins muss ich übrigens noch etwas ergänzen. Wenn ich Mark früher in den Armen gehalten hatte, roch ich den Duft seiner Haare, spürte die Wärme seines Körpers. Ich konnte ihn küssen, streicheln, kitzeln und spürte sofort eine Reaktion. Ich fühlte seinen Atem auf meinem Gesicht, seine Tränen, wenn er weinte. Jetzt ist nichts davon übrig und das macht es unangenehm und etwas unheimlich. Als wäre ich ein Geist, der mit unsichtba-ren Schleiern um ihn herumtanzt. Ich denke zwar, dass ich einen Körper habe, aber das ist nicht wahr. Ich bin nur ein Augenpaar, das schauen darf, schauen und warten.

Die Nächte gehen vorüber und es tut sich nichts.

Doch plötzlich, in einer stürmischen Nacht, erstrahlt auf einmal ein blendendes Licht in Marks Zimmer. Dächer fliegen vorüber, Baumkronen, ein Lichtmast. Ich halte mich an meinem Stuhl fest. Unter mir, in der Tiefe, sehe ich Straßen, Plätze, Parkbäume.

Und dann sehe ich ihn auch: Mark. Er fliegt über die Stadt, und ich fliege mit ihm. Er hat die Arme ausgebreitet wie ein Vogel – ich mache das Gleiche. Er guckt mich an, ich sehe die Begeisterung in seinem Gesicht. Ich ergreife seine Hand, der Wind bläst uns um die Ohren. Leichter Benzingeruch steigt mir in die Nase, und ich spüre die ersten Tropfen eines nahenden Regenschauers. Von fern weht mir der Duft frisch gemähten Grases entgegen. Ich lebe wieder! Ich könnte innerlich schreien vor Glück, dass ich das mit Mark zusammen erleben darf.

Wir fliegen über einen kleinen See. Irgendwo am Ufer läuft ein bellender Hund herum. Ob er uns sieht? Eine Turmspitze kommt direkt auf uns zu. Ich zerre an Marks Hand, doch er ist stärker und zieht mich in die andere Richtung. Haarscharf fliegen wir daran vorbei, und Mark wirft mir einen Blick zu, der so viel heißen soll wie »Pfff!«

Weiter geht's, über die Dächer eines Außenbezirks. Ich versuche etwas zu erkennen und achte einen Moment nicht auf das, was sich vor uns befindet. Als ich aufblicke, sehe ich in unmittelbarer Nähe Hochspannungsmasten. Wir fliegen direkt darauf zu, können nicht mehr ausweichen, doch im selben Moment ist das Bild weg, und ich sitze wieder auf dem Stuhl neben seinem Bett.

Auch Mark ist wach geworden. Er starrt eine Sekunde mit großen Augen vor sich hin, dreht sich um und schläft wieder ein.

Es passiert also einfach so. Ich habe keinen Einfluss darauf, keine Möglichkeit, es zu steuern. Ich kann nur warten und hoffen. Aber so viel ist klar: Durch diese Träume bin ich in seinem Kopf, in seinen Gedanken. Und je öfter er an mich denkt, desto größer ist die Chance, dass die Tür zu seinen Träumen nachts für mich geöffnet ist.

Das zeigt sich in den darauffolgenden Tagen. Zwischen

dem ersten und dem zweiten Traum lagen Wochen, doch der dritte lässt nicht lange auf sich warten.

Mark und ich befinden uns im Wasser, es könnte ein Schwimmbecken sein. Wir sind fast die einzigen Badegäste, über uns eine strahlende Sonne, in der Ferne ein kleiner Wasserfall und herabhängende Palmenzweige, die etwas Schatten spenden. Ist es unser Griechenlandurlaub vor ein paar Jahren? Spielt keine Rolle, es geht um das Hier und Jetzt.

Wir liegen auf dem Rücken, schwimmen dann nebeneinander, haben Blickkontakt. Ich sehe einen großen Ball im Wasser treiben, den ich ihm zuwerfe. Er fängt den Ball, wirft ihn zurück. Ich bin also nicht nur Zuschauerin oder Gefährtin – ich kann selber die Initiative ergreifen.

Das bringt mich auf die Idee, etwas auszuprobieren. Ich schwimme zum Wasserfall und stelle mich darunter. Herrlich kühles Wasser plätschert auf mich herab. Ich winke Mark. Er kommt zu mir, stellt sich neben mich.

Wir genießen diese Dusche. Dann habe ich plötzlich ein Stück Seife in der Hand und beginne wie von selbst, Mark damit einzuseifen. Es ist ein Automatismus, ein vertrautes Ritual. Ich wasche ihm den Rücken, die Schultern, hebe seine Arme an, um unter seine Achseln zu gelangen. Am linken Handgelenk trägt er ein Armband aus gelben und schwarzen Perlen, an dem er offensichtlich sehr hängt. Wir schauen es zusammen an. Dann gleite ich mit der Seife über seinen Bauch und über die Stellen, deren Berührung er – wie ich weiß – angenehm findet. Er genießt es sichtlich, überlässt sich der Situation.

Dann kann ich nicht mehr an mich halten. Ich lasse die

Seife fallen, nehme ihn in die Arme und drücke ihn an mich. So stehen wir da, fast nackt, unter dem herabströmenden Wasser. Ich spüre, wie sein kleiner Körper sich an mich schmiegt, und im selben Moment löst sich alles auf. Wir sind wieder getrennt – er liegt in seinem Bett, ich sitze auf dem Stuhl neben ihm.

Natürlich versuche ich es auch bei Astrid. Nächtelang sitze ich neben ihrem Bett, aber nichts passiert. Ich sehe zwar, dass sie unruhig schläft. Sie wälzt sich hin und her, dreht sich dauernd von einer Seite auf die andere. War das früher auch so? Ich kann mich nicht daran erinnern.

Ich möchte sie zudecken, wenn sie sich mal wieder freigestrampelt hat, vergeblich. Meine Hände sind kraftlos, sie gleiten wie Schatten über die Bettdecke. Und als Bazip direkt vor meiner Nase aus dem Bett fällt, versuche ich verzweifelt ihn aufzuheben. Ich schreie. Was bin ich für eine Mutter, die nicht einmal den Kuschelhund ihres Kindes wieder ins Bett legen kann?

Im selben Moment höre ich auf dem Flur die Toilettenspülung. Das sachte Geräusch von Schritten, und da kommt Sylvia, im Nachthemd. Sie blickt durch die halb geöffnete Tür ins Zimmer, sieht Bazip auf dem Boden liegen, legt ihn wieder ins Bett. Dann deckt sie Astrid zu, streicht ihr über den Kopf und geht wieder.

So einfach ist das also. So machen Mütter das. Ich könnte sie umbringen.

10

Eines Nachts streiche ich zusammen mit Mark dessen Zimmer. Hellblau. Wir kleckern mit Farbrollen, jeder übernimmt eine Wand, wir arbeiten zueinander hin. Dann streichen wir die Decke und sind von oben bis unten mit Farbe bespritzt. Es sieht aus, als würden wir das Zimmer wegstreichen, als würden sich die Wände in Himmelblau auflösen.

Auch Gerard, der mal kurz hereinschaut, malen wir blau an, so dass er mit dem Hintergrund verschmilzt. Auch Astrid muss daran glauben. Mark biegt sich vor Lachen. Dann wischen wir uns mit einem Lappen gegenseitig die Farbspritzer vom Gesicht, schneiden alberne Grimassen.

Plötzlich stehen wir vor dem Haus. Mark nimmt sein Fahrrad und winkt mir. Anscheinend möchte er mit mir zusammen losfahren.

Ich nehme mein Rad, und im selben Moment ist mir klar, dass ich eine Waffe in der Hand habe. Ich simuliere, losfahren zu wollen, aber das Rad ist abgeschlossen.

Mark guckt zu mir hin, ich schiebe und schiebe, schaue auf das Schloss, gestikuliere hilflos. Schließlich werfe ich das Rad hin, schlage die Hände vors Gesicht und tue, als bräche ich in Tränen aus.

Durch meine Finger hindurch sehe ich, wie Mark auf mich zukommt. Auch er erscheint hilflos, bestürzt. Er hebt das Rad auf, blickt auf das Schloss, dann auf mich. Ich mache wieder eine hilflose Geste. Er stellt das Rad hin, ich bedeute ihm, allein loszufahren. Aber er bleibt stehen, nimmt mich in die Arme, als wolle er mich trösten.

Gleich am nächsten Morgen ist es so weit.

»Warum fährst du mit Mamas Rad?«

Sylvia stellt erstaunt die Teekanne ab. »Wieso?«

»Ich will wissen, warum du mit Mamas Rad fährst? Hast du kein eigenes?«

Sylvia seufzt unhörbar. Sie spürt die Aggression, zwingt sich jedoch zur Ruhe. »Mein Rad war alt und klapprig, ich konnte kaum noch damit fahren. Das Rad deiner Mutter war völlig in Ordnung …«

»Oh, und da hast du gedacht: Ich mach gleich ein neues Schloss dran. Könnte ja sein, dass sie zurückkommt.«

Da blickt sogar Astrid von ihrem Buch auf.

Sylvia bemüht sich immer noch, ruhig zu bleiben. »Mark, ich habe kein neues Schloss angebracht. Das Axa-Schloss und das Kabelschloss waren immer schon dran.«

Ihr Ton ist sanft und freundlich, doch ihre Stimme zittert.

Auch Mark ist sichtlich verwirrt.

»Hast du was dagegen, dass ich mit dem Rad deiner Mutter fahre?«

Mark nickt, ohne sie anzuschauen.

»Aber soll es dann einfach unbenutzt herumstehen?«

Stille.

Gerard kommt in die Küche, bemerkt sofort die angespannte Stimmung. »Was ist hier los?«

Er bekommt keine Antwort, wirft Sylvia einen fragenden Blick zu, wendet sich an Mark. »Na?«

Sylvia legt eine Hand auf seinen Arm, schaut ihn an, als wollte sie sagen: Lass ihn, ist schon gut.

Gerard zögert, beschließt dann, es dabei zu belassen. Er setzt sich hin, streicht sich eine Scheibe Brot, wirft zwischendurch Mark einen Blick zu, der schweigend dasitzt.

Sylvia steht bei der Anrichte, kehrt ihm den Rücken zu. Als sie Kaffee einschenkt, kämpft sie mit den Tränen.

Nur ich sehe es.

11

Kurz darauf möchte Mark sein Zimmer tatsächlich blau streichen. Gerard fragt, warum – warum auf einmal blau, was er gegen die jetzige grüne Farbe einzuwenden habe? Mark murmelt etwas von: er habe es irgendwo gesehen, das Grün gehe ihm inzwischen auf die Nerven und … warum nicht, Blau sei eben eine schöne Farbe – basta.

Sylvia geht mit ihm los, um Latexfarbe und Farbrollen zu kaufen. Sie hilft ihm, das Bett zur Seite zu schieben, legt Zeitungen auf den Fußboden, sagt, er müsse die Farbe erst mit Wasser verdünnen.

Mark erträgt ihre Anwesenheit mit sichtbarem Widerwillen. Und als sie ihm schließlich beim Streichen helfen möchte, schickt er sie weg. Nein, er komme schon zurecht. Er wolle es allein machen.

So schaue ich ihm den ganzen Nachmittag zu, wie er sich abmüht. Er rollt und streicht mit vorgestreckter Zungenspitze, schwitzt wie verrückt, ist voller Farbspritzer. Aber es ist ganz anders als in unserem Traum:

ohne Spaß, ohne Lachanfälle, nur einsame Schufterei. Gegen Abend hat er bloß eine Wand geschafft, und in seinem Zimmer sieht es wüst aus.

Astrid kommt herein und verzieht das Gesicht. Gerard schimpft gleich los, weil er so mit der Farbe gekleckert hat. Nur Sylvia versucht ihn aufzumuntern. Sie hilft beim Aufräumen, wischt ihm die Farbe von Gesicht und Händen, sagt, dass es schön wird und dass er den Rest am Wochenende machen soll.

Mark geht zurück in sein Zimmer und betrachtet mit leerem Blick die blaue Wand. Könnte er in diesem Moment doch träumen – dann könnte ich ihn trösten. Ich suche verzweifelt nach einer Möglichkeit, ihm ein Zeichen zu geben. Ich tänzle um ihn herum, versuche etwas mit den Fingern in die nasse Farbe zu schreiben, puste gegen die Lampe. Doch es ist sinnlos. Ich kann ja nicht mal die Vorhänge erzittern lassen.

An dem Abend führen Gerard und Sylvia im Schlafzimmer ein ernsthaftes Gespräch. Er meint, dass sie Mark gegenüber zu gutmütig sei. Sie ließe ihm immer seinen Willen – das sei falsch, und er würde es ausnutzen.

»Wie stellst du es dir denn vor?«, sagt Sylvia. »Soll ich an ihm herumnörgeln, so wie du? Der Junge vermisst seine Mutter, er hat ihren Tod noch längst nicht verarbeitet. Ich will ihm zeigen, dass er das darf, dass ich es akzeptiere. Du zeigst ihm nur, dass du dich über ihn ärgerst.«

Dazu fällt Gerard wenig ein, und er schweigt eine Weile.

Sylvia schaut ihn an, während er sich auszieht. Als er

sich neben sie ins Bett legt, sagt sie: »Ist nicht alles zu schnell gegangen?«

Gerard blickt sie fragend an, obwohl er genau weiß, was sie meint.

»Wir beide wollten es so gern«, sagt Sylvia. »Aber die Kinder haben wir mehr oder weniger vor vollendete Tatsachen gestellt.«

Gerard denkt darüber nach, nickt dann, sagt, sie habe vermutlich recht. Er wollte es wirklich sehr gern, sagt er. Schon seit jenem Nachmittag im August habe er sich nach ihr gesehnt …

Seit jenem Nachmittag im August? Was war da los? Ich stehe auf, wende mich ab. Am liebsten würde ich dieses Scheißbild ausschalten, dieses Zimmer verlassen, einen Spaziergang machen. Doch ich kann es nicht, nicht jetzt, ich will mehr erfahren. Also setze ich mich wieder auf meinen Stuhl, blicke wieder in ihr Schlafzimmer.

Sylvia und Gerard schauen einander an, und mit einem Mal ist eine erotische Ladung in ihrem Blick und in ihren Worten. Wieder spüre ich den Impuls wegzugehen, aber die andere Kraft ist stärker: das Bedürfnis, alles zu hören und zu sehen, auch wenn es mir weh tut und mich wütend macht.

Gerard ruft die Erinnerung wieder wach, wie ein Ritual. Sylvia hört ihm genießerisch zu. Sie weiß, was kommt, hat es vermutlich schon hundertmal gehört, kann es aber nicht oft genug hören. Denn es ist ihre gemeinsame Story.

»Weißt du noch«, sagt Gerard. »Du hattest mich gebeten, dir mit der Waschmaschine zu helfen. Sie sollte in eine andere Ecke des Badezimmers. Wir haben sie zusammen verstellt und dann den Filter gereinigt, weil er undicht war …«

»… und gemeinsam den Fußboden gewischt, weil Wasser ausgelaufen war …«

»Wir knieten nebeneinander auf dem Fußboden. Ich roch deinen Schweiß, und ich fand es aufregend.«

Sylvia nickt. Ihre Augen glänzen.

»Du hattest eine Nummer von Elton John aufgelegt, so ein schnulziges Lied.«

»Es lief im Radio, das habe ich dir schon so oft gesagt. Das war Zufall, reiner Zufall.«

»… und du hattest ein hellgelbes Sommerkleid an, mit Knöpfchen vorne. Nachdem das Ding wieder angeschlossen war, hast du das Kleid ausgezogen und in die Waschmaschine geworfen.«

»Ja, ich dachte: Dann können wir gleich mal einen Probedurchlauf machen.«

»Du sagtest: ›Sollen wir deine Hose und dein Hemd auch gleich mitwaschen?‹«

»Ich meinte es ernst.«

»Was hättest du getan, wenn ich mich ausgezogen hätte?«

Sylvia zuckt die Achseln und bekennt errötend, dass sie ihn tatsächlich verführen wollte. Dass sie nicht wisse, wie sie sich verhalten hätte, wenn er darauf eingegangen wäre. Und dass sie sich rückblickend auch schäme. Sie habe eben damals schon sehr, sehr viel für ihn empfunden.

Ich sehe, wie sie mit einer lasziven Bewegung das Nachthemd auszieht, sich in seine Arme kuschelt. Sie küssen sich lange, sie legt sich halb auf ihn. Fummelt an seinem Pyjama herum, zieht ihn herunter – er befreit sich strampelnd ganz davon.

Ich höre das leise Stöhnen, erspare mir den Rest und flüchte aus dem Schlafzimmer.

Ich erinnere mich noch genau an diesen Augusttag. Es war warm, ein Sonntag. Wir waren gerade aus Italien zurückgekommen. Sie rief an, fragte, wie unser Urlaub gewesen sei. Wir plauderten ein wenig, sie erzählte von den Problemen mit ihrer Waschmaschine, meinte, ob Gerard nicht mal vorbeischauen könnte, um ihr zu helfen. Er war kurz weg, und als er zurückkam, schickte ich ihn zu ihr. Ein Stündchen später kam er beschwingt wieder. Er sagte, das Problem mit der Waschmaschine sei im Handumdrehen behoben gewesen, und ging gleich unter die Dusche.

Abends war er ganz aufgekratzt und wollte unbedingt mit mir schlafen. Schon damals lief es nicht mehr so gut zwischen uns – im Urlaub hatten wir ziemliche Probleme, und ich freute mich über diese neuerliche Annäherung.

Doch in Wirklichkeit hatte ich ihn also damals schon verloren.

Moment mal ... den Song von Elton John, wo habe ich den schon mal gehört? *It's a little bit funny, this feeling inside ...* Wann war das? Was habe ich da gemacht? Verflixt, jetzt weiß ich's wieder, es war in der Silvesternacht, ein paar Stunden vor meinem Tod. Ich habe Krapfen gebacken. Das Telefon klingelte, ich nahm ab und hörte diese Musik ganz vage im Hintergrund. Die Musik, die mir immer im Kopf herumgeisterte. Sylvia also. Sie hockte allein zu Haus, sehnte sich nach ihm bei diesem Lied, das inzwischen »ihr Lied« geworden war. Sie dachte an ihn, verlangte nach ihm, wollte seine Stimme hören. Dass ich oder eines der Kinder das Telefon hätte abnehmen können, war ihr offenbar völlig wurscht. Sie muss ziemlich verzweifelt gewesen sein, oder betrunken, oder beides. Die läufige Hündin!

Und sie war es, die Gerard später, draußen auf der Straße, angerufen hatte. Doch wegen der Knallerei konnten sie einander kaum verstehen, also probierte er es im Krankenhaus noch einmal. Aber alles abstreiten, mir erzählen, er habe seine Mutter angerufen, oder Astrid. Bluffen, ich solle sie doch anrufen, wenn ich ihm nicht glaube. Ich war schon fast tot, und er hat mich einfach schamlos belogen …

Ich sitze im halbdunklen Wohnzimmer beim einfallenden Licht der Straßenlaternen und denke über mein unglückliches Schicksal nach. Über mir haben mein Mann und seine neue Frau Sex miteinander, links liegt mein Sohn verunsichert in seinem zur Hälfte gestrichenen Zimmer, rechts meine Tochter, sie hat die Zudecke von sich gestrampelt und wird bald wach werden, weil ihr kalt ist.

Und ich? Ich bin ein Schatten im Haus, ein überflüssiger, unsichtbarer Schemen.

Wie ich da so sitze, Ellbogen auf den Knien, Hände vorm Gesicht, spüre ich plötzlich etwas Weiches an meinem Oberschenkel. Noortje. Schnurrend schmiegt sie das Köpfchen an mein linkes Bein, ich fühle die zitternden Schnurrhaare.

Ich streichle sie, sehe, wie sich der Katzenschwanz genüsslich aufrichtet. Innerlich jubelt eine Stimme: *Yes!* Die Katze sieht mich! Sie sieht mich, fühlt mich – wir brauchen dafür keinen Traum. Für sie bin ich kein Schatten, sondern echt!

Ich vergrabe mein Gesicht in ihrem Fell und lasse mich von ihr trösten.

12

Ab und zu gehe ich raus. Nun ja, es gibt ja kein Draußen. Doch mitunter habe ich das Bedürfnis, Leute zu sehen, und wenn es nur Zombies sind. Dann durchquere ich die Säle, manchmal stundenlang. Sehe mich ein bisschen um, bleibe auch mal vor einem Monitor stehen.

Immer, wenn ich an dem Frauengrüppchen vorbeikomme, kann ich es mir nicht verkneifen, stehen zu bleiben und ihnen zuzuhören. Wisst ihr zum Beispiel, wie man einen drückenden Schuh weiten kann? Man stopft eine robuste Plastiktüte in den Schuh und füllt sie vorsichtig mit Wasser. Tüte zubinden, Schuh in die Gefriertruhe.

Hätte ich das früher gewusst! Aber andererseits – wo gibt es hier eine Gefriertruhe?

In Wirklichkeit trage ich schon lange keine Schuhe mehr. Es ist mir völlig egal, wie ich aussehe, und auch das sinnlose Geschwätz, das wesenlose Schlurfen, stört mich längst nicht mehr. Sollen sie doch machen, was sie wollen. Ich habe meine eigene Welt.

Ich wage es nun auch, mich weiter zu entfernen, weil ich die diversen Säle wiedererkenne. In Saal drei steht der Monitor mit dem Bild von der Emmastraat. In Saal sieben, manchmal auch in Saal acht, geht immer die Frau mit der Handtasche umher, die sie an sich drückt, als wäre es ihr letzter Besitz. In Saal dreizehn, auf einem der Sofas an der Wand, liegt ein Paar, das ich der Einfachheit halber Romeo und Julia nenne, obwohl sie dafür viel zu alt sind. Sie in langem Kleid, angemalt wie ein Paradiesvogel – er im Smoking und mit einem altmodischen Schnurrbart. Und immer eng umschlungen. Er wird ihr Liebesworte ins Ohr flüstern, denn sie seufzt und stöhnt, lässt die Brüste schwellen, schaut ihn mit schmachtendem Blick an.

Jedes Mal, wenn ich vorbeikomme, liegen sie so da, immer auf dem gleichen Sofa. Wie lange schon? Jahre? Jahrzehnte? Mich schaudert, wenn ich daran denke.

Manchmal setze ich mich auch hin, schaue umher und ruhe mich aus. Was mir immer wieder auffällt, ist, dass die meisten sich völlig abgekapselt haben. Ab und zu steht ein Grüppchen beisammen, aber auch die sind kleine Inseln. Es hat den Anschein, als würde sich niemand für das Schicksal des anderen interessieren. Man nimmt es zwar wahr, aber es löst nichts aus – keine Reaktion, kein Gefühl.

Einmal sah ich, wie eine schon etwas ältere Frau laut schreiend durch die Säle lief. Das heißt, man konnte sehen, dass sie schrie, aber man hörte nichts. Ihr Mund war weit geöffnet, ihr Brustkorb bewegte sich auf und ab, doch sie brachte keinen Ton heraus.

So rannte sie vom einen zum anderen, fuchtelte mit den Armen. Sie blieb immer wieder stehen, schreiend, gestikulierend, lief weiter, wenn keine Reaktion erfolgte. Am meisten wunderte ich mich über ihr gepflegtes Äußeres: Kostüm, Perlenkette, hochhackige Schuhe. Dennoch war sie ein verzweifeltes Energiebündel. Was wollte sie mitteilen? Warum schrie sie? Ich war froh, dass sie an mir vorbeilief, denn auch ich hätte nichts für sie tun können.

Bei einem meiner Ausflüge sehe ich das Mädchen mit den dunklen Haaren. Ehrlich gesagt habe ich Ausschau nach ihr gehalten. Wir sehen uns schon von weitem und erkennen uns sofort. Inmitten all der anderen sind wir die Einzigen, die wirklich Blickkontakt haben.

Sie kommt auf mich zu und schmiegt sich an mich. Ich streichle unwillkürlich ihr Haar, genau das Richtige, denn sie schaut mich dankbar an. Dann gibt sie mir ein Zeichen, dass ich erzählen soll.

Was soll ich erzählen? Ich sage, ich ginge einfach ein bisschen umher – ansonsten säße ich tage- und nächtelang in meinem kleinen Zimmer, aber manchmal müsse ich mir eben die Beine vertreten. Sie nickt, zeigt auf ein Sofa an der Wand, und da setzen wir uns hin.

Ich soll weiterreden. »Warum?«, frage ich. »Kannst du nicht sprechen?« Da dies offenkundig ist, insistiere ich auch nicht weiter.

Ich vermute, dass sie hauptsächlich meine Stimme hören möchte. Also quassle ich drauflos, erzähle ihr von Romeo und Julia, von der Frau mit der Handtasche, von dem Frauengrüppchen und ihren Gesprächen über den Haushalt. Sie nickt lächelnd, als käme ihr das alles bekannt vor.

So nebenbei erwähne ich auch die Situation zu Hause: dass ich zwei Kinder hätte und mein Mann inzwischen mit einer anderen Frau zusammenlebte. Sie nickt traurig, wird aber wieder heiter, als ich erzähle, dass ich meine Katze gestreichelt habe. Das kennt sie anscheinend, denn sie macht eine ähnliche Bewegung, die fast automatisch in das Streicheln ihrer Haare übergeht. Offensichtlich ist es eine Sucht, etwas, was sie dringend braucht, denn sie gestikuliert fast flehend, dass ich ihr Haar streicheln soll.

Ich fahre mit der Hand über ihren dicken, dunklen Haarschopf, sage, sie habe wunderschöne Haare, frage, wie lange sie schon hier sei. Sie streckt drei Finger empor: drei Jahre. Und wie alt sie damals gewesen sei? Fünfzehn, zeigt sie mit den Fingern.

Sie schaut mich an, möchte mir offenbar etwas mitteilen. Sie hockt sich vor mich hin, tut so, als würde sie mit Streichhölzern zahllose kleine Kerzen anzünden – ein Lichtermeer. Dann pflückt sie Blumen, bindet sie zu einem Strauß, den sie mit einer dramatischen Gebärde in ein imaginäres Grab wirft. Langsam verfällt sie in rhythmische Bewegungen, macht graziöse Tanzschritte. Sie führt mir den Ablauf ihrer Beerdigung vor. Wie schön und ausdrucksvoll sie in ihrem langen schwarzen Samtkleid ist! Hatte sie es an, als man sie zu Grabe trug? Bestimmt waren viele Jungs in sie verliebt, heimlich oder offen …

Inzwischen hat sie sich neben mich auf ein Sofa am Rand des Saals gesetzt. Ich frage, ob sie hier jemanden kenne. Sie schüttelt den Kopf.

Wie kommt es, dass wir Kontakt zueinander haben und all die anderen nicht?

Sie zuckt mit den Schultern, schüttelt den Kopf: Das ist etwas, was sich nicht erklären lässt.

Hat sie auch ein eigenes kleines Zimmer, in dem sie hinunterschauen kann?

Sie lächelt, zögert offenbar, ob sie mir etwas deutlich machen soll, beschließt, es nicht zu tun. Stattdessen nickt sie, schüttelt dann den Kopf, eine kryptische Antwort.

Sie sieht meinen verständnislosen Blick, nimmt mich in die Arme.

Mit einem Mal fühle ich mich kleiner, jünger als dieses fünfzehnjährige Mädchen. Sie weiß etwas, hat etwas erlebt, was mir noch bevorsteht. Und sie will es mir nicht sagen, um mich zu schonen – weil sie intuitiv spürt, dass ich es noch nicht verkraften könnte.

Sie umarmt mich, beschützend wie eine Mutter.

13

Heute Nacht war ich bei Astrid.

Ich saß an ihrem Bett und sah, wie sie sich mehrmals unruhig von einer Seite auf die andere drehte, zweimal binnen einer halben Stunde. Dabei trat sie mit den Beinen, sanft und rhythmisch, wie eine Katze mit ihren Pfötchen auf einem Wollpullover.

Ihre Zudecke rutschte herab. Ich musste mich schon wieder beherrschen, als ich plötzlich eine Treppe erblickte, die vom Bett aus durch die Zimmerdecke nach oben führte. Und in dem gleichen Rhythmus wie dem, mit dem sie sich aufgedeckt hatte, ging Astrid diese Treppe hinauf. Sie hatte ihr Balletttrikot an und machte anmutige, mal langsamere, mal schnellere Schritte. Ab und zu blieb sie stehen, drehte sich um und breitete wie eine Ballerina die Arme aus.

Die Zimmerdecke war einem blauen Himmel gewichen. Ich stand am Fuß der Treppe und schaute hoch. Astrid sah mich und winkte. Ich stieg hinauf, ihr entgegen.

Die Treppe wurde immer breiter. Astrids Zimmer lag inzwischen weit unter uns. Es gab nur noch diese Treppe, die anscheinend bis in den Himmel führte.

Plötzlich fiel mir wieder ein, dass sie am Nachmittag in der Ballettschule gewesen war. Ich hatte ihr zugeschaut. Es ging sehr gut, bis sie gegen Ende der Stunde gestolpert und hingefallen war. Sie hatte kurz geweint, sich dann aber tapfer gehalten.

Das war ein mehr oder weniger zeitloser Gedankenblitz, in einem Traum kann ja vieles gleichzeitig passieren. Inzwischen rannten wir die Treppe rauf und runter. Wir jagten uns nach, manchmal nahmen wir zwei, drei Stufen auf einmal. Hin und her, treppauf, treppab – es war ein ausgelassenes Spiel.

Ich rutschte auf dem Hinterteil runter. Es tat nicht weh. Astrid versuchte es auch, quietschte vor Freude.

Mit einem Mal waren wir zu Hause und setzten unser Spiel fort: die Treppe hoch und runter, mit großen Sprüngen über Tische und Stühle. Wir tanzten umeinander herum, rannten hintereinander her, aber kaputt ging dabei nichts. Als wären wir federleicht.

Astrid lachte schallend und wurde immer übermütiger. Irgendwann stand sie oben auf der Treppe, ich unten. Ich sah, wie sie herunterschaute und breitete impulsiv die Arme aus. Sie beugte sich vornüber und sauste mit einem großen Hechtsprung nach unten. Einen Augenblick setzte mein Herz aus: Was, wenn ich so durchsichtig wäre wie tagsüber? Dann würde sie durch mich hindurchfallen.

Aber es glückte. Ich fing sie auf, spürte, wie sie sicher in meinen Armen landete. Sie sah mich dankbar an, während ich mit ihr ins Wohnzimmer ging. Ich setzte sie auf einen Stuhl – wir keuchten beide noch vor Aufregung.

Aus den Augenwinkeln sah ich etwas auf dem Tisch liegen: eine Schachtel Zigaretten. Und dem Gedanken folgte sofort die Tat: Ich nahm die Schachtel in die Hand, hustete demonstrativ und warf sie zurück auf den Tisch.

Astrid sah es und hustete auch.

Das letzte Husten war echt. Astrid lag wieder in ihrem Bett, ganz aufgedeckt. Sie war aufgewacht, zog sich leicht fröstelnd die Decke über den Kopf. Sie hustete noch einmal kaum hörbar unter der Zudecke.

Dann schlief sie wieder ein.

Am nächsten Morgen ist sie tatsächlich leicht erkältet. Sie sitzt hustend beim Frühstück, hat kaum Appetit, fühlt sich nicht wohl. Gerard befühlt ihre Stirn, sagt, sie stelle sich nur an, aber Sylvia meint, sie solle heute mal zu Hause bleiben.

Dann fängt Astrid von Sylvias Zigaretten an, sagt, sie könne die Qualmerei nicht ertragen. Mark stimmt ihr sofort zu. Er hätte bisher den Mund gehalten, aber ihn würde es auch stören: überall die ekligen Kippen, die dreckigen Gardinen. Seit »sie« hier eingezogen sei, stinke es im Haus.

In der letzten Bemerkung steckt so viel Aggression, dass Gerard sich dazu äußern muss. Wieso eklige Kippen? Sylvia säubere immer sofort den Aschenbecher. Und wieso dreckige Gardinen? Die würden regelmäßig gewaschen, das müsse er doch wissen. Sylvia rauche fast nie im Haus, sie ginge meistens raus oder auf den Balkon. Und wenn sie ab und an das Bedürfnis habe, eine zu rauchen, dann könne sie das selbstverständlich tun. Verstanden?

Mark gibt sich noch nicht geschlagen. Sie würde mindestens zehn Zigaretten am Tag rauchen, er hätte die Kippen mal gezählt. Und auch vom Balkon würde der Rauch wieder ins Zimmer geweht, das sei völlig wurscht. Am schlimmsten sei ihre Qualmerei in der Küche. Und manchmal würde sie ihre Zigarette vergessen – die schmurgele dann im Aschenbecher vor sich hin. Und einmal sei so eine glimmende Kippe auf den Tisch gefallen und habe einen Brandfleck hinterlassen. Mama habe damals aufgehört zu rauchen, weil …

Gerard will ihm widersprechen, hält aber erschreckt inne, als Sylvia beide schreiend unterbricht. Es reicht! Sie wird hier im Haus nie wieder eine Zigarette rauchen! Sie habe nicht gewusst, dass es für ihn so schlimm sei, und er hätte es ihr schon viel eher sagen können. Er sei doch sonst nicht auf den Mund gefallen. Aber nun sei alles klar: Im Haus werde nicht mehr geraucht. Und jetzt wolle sie kein Wort mehr darüber hören!

Dann geht sie aus dem Zimmer und lässt die anderen schweigend zurück.

Gerard folgt ihr, und ich kann es nicht lassen, es auch zu tun.

Er trifft sie in seiner Arbeitsecke an; sie kehrt ihm den Rücken zu.

Nach einer kurzen Stille sagt Gerard, dass er Mark mal tüchtig die Leviten lesen werde. Das gehe zu weit und das müsse ihm mal deutlich gesagt werden.

Sylvia schüttelt den Kopf. Wenn Mark eins aufs Dach bekäme, würde er sie noch mehr hassen. Und sie bekäme noch mehr ab. Aber Gerard bleibt dabei: Mark müsse wissen, dass er sich nicht alles erlauben könne. Und sie solle sich nicht einschüchtern lassen. Wenn sie Lust habe, eine Zigarette zu rauchen, dann solle sie es auch tun. Wo kämen wir denn hin, wenn …

Sylvia dreht sich um, schaut ihn an. Ob er wüsste, wozu sie jetzt Lust hätte? Auf einen Tapetenwechsel, einfach eine Weile weg von diesem Haus. Ob es nicht dumm gewesen sei, dass sie ihre Wohnung aufgegeben habe?

Sie merkt, dass sie Gerard damit in Verwirrung bringt, geht schnell auf ihn zu. »Ach wo, nein, das ist auch keine Lösung. Entschuldige.« Für Mark sei es eben immer noch schwer, das würde sie manchmal vergessen, aber das sei doch verständlich. Vielleicht habe es auch nicht nur mit ihr zu tun. Wenn sich alle bemühten, würde bestimmt noch alles gut werden. Gerard solle die Sache auf sich beruhen lassen, aus einer Mücke keinen Elefanten machen …

So macht sie sich selbst Mut. Aber ich sehe, dass der Zweifel gesät ist.

Während ich mich zufrieden zurücklehne, wird sacht an meine Zimmertür geklopft. Ich schalte den Monitor aus, stehe auf, drehe den Schlüssel um und öffne.

Es ist der Mann im Kittel, der mich lächelnd anblickt. »Störe ich?«

»Nein, nein, kommen Sie herein.«

Er betritt vorsichtig das Zimmer, schaut sich flüchtig um. Das leise Knistern des Monitors, auf dem das Bild gerade verschwand, ist noch zu hören.

»Läuft alles nach Wunsch? Keine Klagen?«

Ich schüttle den Kopf.

Er wirft einen Blick auf meinen Kalender, nickt bedeutungsvoll Richtung Gerät. »Das wird nie langweilig, wie? Da gibt's immer was zu sehen …«

Ich nicke.

»Sie bereuen es nicht?«

Ich schüttle wieder den Kopf. Gern würde ich ihn etwas über die Träume fragen, ob das bei anderen auch so sei. Doch ich beschließe, es für mich zu behalten.

Ganz kurz schweift sein Blick über meinen Körper bis hinunter zu den Füßen. »Ist Ihnen nicht kalt?«

Ich zucke die Schultern. »Das Sommerkleid geht mir langsam auf die Nerven. Und die Schuhe waren zu klein, ich habe sie ausgezogen.«

»Ich finde sicher etwas anderes für Sie. Und ich bringe Ihnen Socken. In Ordnung?«

Ich nicke.

Er schenkt mir noch ein ermutigendes Lächeln, ehe er sich bescheiden zurückzieht.

Ich schließe die Tür hinter ihm zu.

14

Heute, am 18. Juni, habe ich Geburtstag. Ich wäre zweiunddreißig geworden, nein, dreiunddreißig – ich vergesse das Jahr, in dem ich geschlafen habe.

Wird Notiz davon genommen, da unten? Ich sehe, wie Sylvia und Gerard aufstehen, die üblichen Morgenrituale: Gerard ist in Eile, Sylvia macht alles für ihn zurecht, bringt ihn zur Tür, räumt den Frühstückstisch ab.

Früher hatte ich um die Zeit schon ein kleines Geschenk bekommen. Gerard und ich warteten bis Mitternacht. Dann entkorkten wir eine Flasche, und dann kam die Überraschung.

Heute jedoch nichts von alledem. Die Kinder gehen wie immer zur Schule. Sylvia bringt Astrid mit dem Fahrrad hin, die Kleine redet wie ein Wasserfall. Es ist, als hätte ich nie existiert.

Eine ohnmächtige Wut überkommt mich. Klar, es ist nur ein Geburtstag, aber trotzdem. Und wenn man's genau nimmt, habe ich gar nicht Geburtstag, denn schließlich lebe ich nicht mehr, jedenfalls für die da unten. Was hatte ich denn erwartet? Dass sie Kerzen bei meinem Foto anzünden? Dass sie ein symbolisches Geschenk auf einen leeren, geschmückten Stuhl legen? Dass sie Blumen an mein Grab bringen?

Mein Grab – ich habe es seit der Beerdigung nicht mehr besucht …

Möchte ich hingehen, wäre das vernünftig? Noch bevor ich richtig darüber nachgedacht habe, bin ich schon unterwegs: drei Straßen geradeaus, rechts die Ringstraße überqueren, am Sportplatz vorbei bis zu dem großen Friedhofstor. Dort herrscht ganz schön Betrieb: dezent gekleidete Trauergäste, die sich an der Auffahrt, vor der Kapelle, versammeln. Hände werden geschüttelt, man nickt einander zu, spricht in gedämpftem Ton. Beim Näherkommen der schwarzen Limousinen werden sie still und schauen. Da kommt der Sarg, da die Angehörigen – Tag für Tag der gleiche Ablauf.

Ich gehe weiter, folge dem Weg, den ich damals zurückgelegt habe. Das war auf dem Videoband, sonst hätte ich gar nicht gewusst, wo ich lag. Nun habe ich es wieder vor Augen: Gerard, der zwischen Astrid und Mark hinter dem Sarg hergeht. Sie hätten den Sarg vielleicht gern getragen, aber wegen ihrer Verletzungen ging das nicht. Also wurde ich von sechs schwarz gekleideten Männern getragen, die das sehr versiert erledigten.

Mein Grab liegt an einer schattigen Stelle, halb unter einem Baum. Rechts von mir ein hässlich bemaltes Ding aus Stein, das einem Boot ähnelt, links ein Kunstwerk aus Glas mit einem Vogel, der sich anschickt wegzufliegen. Da kann ich mich über meinen Grabstein nicht beschweren: Nur mein Name und das Geburts- und Sterbedatum, sonst nichts.

Am Fuß des Steins wurde ein Erikastöckchen gepflanzt. Daneben eine umgefallene kleine Vase mit verwelkten Blumen. Freesien, die Blumen, die Mark damals auf meinen Sarg legte. Dann war also kürzlich noch jemand da. War es Mark, allein? Gerard? Ich weiß es nicht.

Von meinem Grab aus schaue ich die vorbeigehenden Leute an. Ein altes Ehepaar – er geht am Stock, sie trägt eine Brille mit dicken Gläsern. Ein junges Paar mit zwei schrecklich dicken Kindern. Zwei Damen mittleren Alters. Sie blicken auf die Gräber, lesen die Inschriften, weisen einander auf etwas hin.

Ein Windstoß bringt Bewegung in das Erikastöckchen. Die Äste der Bäume beugen sich, die Schattenflecken gleiten über meinem Grab hin und her. Ich sitze hier, warte, und wieder fühle ich mich machtlos. Ich kann weder die Blumen riechen, noch die kleine Vase aufrichten. Niemand besucht mich, niemand sieht, dass ich hier bin, dass ich Geburtstag habe.

Früher, als ich noch ein Kind war, bin ich mal wegen ein paar tanzenden Hündchen, so kleinen, weißen Plüschhündchen, in Tränen ausgebrochen. Sie steckten in einem Automaten und fingen nach dem Einwurf einer Münze an zu tanzen. Irgendwer hatte eine Münze in das Ding gesteckt und war weggegangen. Die Hündchen tanzten also umsonst. Ich sah es und fand es so traurig, dass ich losheulte.

So ein Gefühl habe ich jetzt auch: Ich tanze auf meinem Grab, flehe um Aufmerksamkeit, aber niemand sieht es.

Plötzlich habe ich keine Lust mehr. Warum sollte ich noch warten, bis Gerard im Büro zufällig in seinen Kalender schaut und denkt: Verflixt, war da nicht was? Und er vielleicht spätabends zu Sylvia sagt: »Weißt du, was heute für ein Tag ist?« Und beide insgeheim erleichtert sind, weil weder Mark noch Astrid darüber gesprochen haben. Und Gerard vielleicht, im Bett liegend, nachdem er das Licht schon gelöscht hat, denkt: Eigentlich müsste ich mal wieder nach ihrem Grab sehen, es ist schon länger als ein halbes Jahr her. Aber gleich danach denkt: Hat keine Eile, sie läuft ja nicht weg. Um sich letztendlich zufrieden an Sylvias warmen, zarten Po zu schmiegen.

In dieser Stimmung durchquere ich die Säle, ich bin auf der Suche nach dem dunkelhaarigen Mädchen. Ich finde sie irgendwo in einer Ecke, wo sie offenbar nur für sich tanzt. Sie bewegt den Oberkörper rhythmisch hin und her, der Kopf ist leicht gesenkt, der Blick nach innen gerichtet. Auch so ein Hündchen, das ohne Zuschauer tanzt. Ihr Gesicht strahlt, als sie mich erblickt – der Tanz ist sofort vergessen. Sie umarmt mich, drückt mich an sich, lässt sich das Haar ausgiebig von mir streicheln.

Dann setzen wir uns irgendwo hin. Ich erzähle, dass ich Geburtstag habe, dreiunddreißig, aber dass es da unten allen egal ist. Sie nickt, und ich bin überglücklich, allein schon deshalb, weil sie mich hört, weil mir jemand zuhört.

Sie starrt einen Moment vor sich hin, ist scheinbar in Gedanken versunken. Dann lächelt sie, als habe sie plötzlich eine Idee. Sie steht auf und winkt. Ich soll ihr folgen.

Zusammen gehen wir durch einige Säle, begegnen der Frau mit der Handtasche, dem schwitzenden Mann, dem Grüppchen Frauen, das sich unterhält, Romeo und Julia. In einem der Säle, weiter als ich je gekommen bin, sehe ich die Frau im Kostüm. Diesmal rennt sie nicht schreiend herum, sondern sitzt auf einem der Sofas an der Wand, totenstill und mit starrem Blick. Als würde sie sich kurz von dem Gerenne ausruhen, als könnte sie jeden Moment aufspringen, um wieder loszurennen.

Das dunkelhaarige Mädchen achtet nicht darauf – den Blick nach vorn gerichtet, steuert sie einen bestimmten Saal an. Dort steht in einer der Nischen ein einsamer Monitor. Keine Menschen drum herum, denn es ist nichts darauf zu sehen. Vielleicht ist er defekt oder einfach nicht eingeschaltet.

Das Mädchen schaut sich erst kurz um, dann winkt sie mir. Wir verschwinden beide hinter dem Monitor. Ganz hinten in der Ecke, vor einer niedrigen, höchstens einen Meter hohen Tür, geht sie in die Hocke. Aus der Tasche ihres Kleides holt sie einen Schlüssel hervor. Sie fummelt am Schloss herum, dreht den Schlüssel hin und her, rüttelt am Türgriff, bis er nachgibt und die Tür nach innen aufgeht.

Sie kriecht in ein dunkles Loch hinein, ich sehe nur noch ihre Hand, die winkt, und folge ihr mit ziemlicher Mühe.

Die Tür schließt sich wieder. Jetzt sind wir im Stockdunkeln.

Unwillkürlich sucht meine Hand die ihre. Was tun wir hier? Dürfen wir das überhaupt? Wohin gehen wir? Ich traue mich nicht, sie zu fragen, und ich möchte in ihren Augen auch nicht kindisch dastehen. Also lasse ich mich Schritt für Schritt durch einen dunklen Gang führen. Ist es überhaupt ein Gang? Meine freie Hand tastet im Nichts: keine Wände, keine Mauern. Es könnte genauso gut ein unermesslicher, leerer Raum sein. Aber wie weiß sie dann den Weg? War sie schon öfter hier?

Nichts zu sehen, nichts zu hören – sogar meine eigenen Schritte höre ich kaum.

Ich drücke ihre Hand, und sie erwidert den Druck. Das beruhigt mich. Sie weiß, dass ich da bin, dass ich von ihr abhängig bin. Sie wird mich nicht im Stich lassen.

Dann, nachdem wir ungefähr eine Viertelstunde gelaufen sind, bleibt sie stehen. Um ein Haar wäre ich gegen sie geprallt. Sie führt meine Hand nach vorn, zu einer Wand, die sich glatt und kalt anfühlt. Ich taste weiter, fasse an ein Stahlrohr, Sprossen – an der Wand ist eine Leiter befestigt. Und ehe ich etwas sagen kann, ist sie schon dabei hinaufzuklettern. Ich spüre, wie sich der Luftzug ihres Körpers nach oben bewegt, der Saum ihres Kleides streift meine Wange.

Mir bleibt nichts anderes übrig, als das Gleiche zu tun.

Meine nackten Füße finden relativ leicht die Sprossen, fast von selbst. Schön, so was mal wieder zu machen. Ich bin leicht und gelenkig, habe keine Höhenangst, klettern kann ich noch. In der Beziehung ähnle ich Mark, oder besser gesagt: Mark ähnelt mir. Wo sind wir nicht überall herumgeklettert, früher auf dem Spielplatz! Kletterwände, Bäume – nichts haben wir ausgelassen. Ich kraxelte immer vor ihm her und zeigte ihm so den Weg, half ihm an schwierigen Stellen. »Los, weiter, du schaffst es«, rief ich dann, »den linken Fuß hierher, die rechte Hand da.«

Ich spüre ihre Hand auf meinem Kopf, als wollte sie mich warnen: Ende der Leiter.

Noch ein Schritt, dann ergreife ich ihre Hand und lasse den Holm los. Sie geht wieder vor mir her, und jetzt sehe ich weit in der Ferne einen Lichtschein. Dem gehen wir entgegen.

Wir kriechen durch eine Art Röhre, einen schmalen, niedrigen Gang. Gegen das Licht im Hintergrund sehe ich ihre Silhouette: die Knie gebeugt, halb gebückt, das Kleid etwas gerafft, um nicht darüber zu stolpern.

Irgendwann bleibt sie stehen und dreht sich um. Sie legt einen Finger auf die Lippen als Zeichen, dass wir leise sein müssen. Wir gehen auf Zehenspitzen weiter, bis sie erneut innehält und eine Gebärde macht. Irgendwo aus dem Boden kommt kaum vernehmbare Musik. Das Mädchen bückt sich, senkt den Kopf und guckt durch etwas, das wahrscheinlich ein kleines Loch im Boden ist. Dann legt sie – auf allen vieren – ihr linkes Ohr daran.

Wenn ich es nicht schon gewusst hätte, wäre mir

spätestens jetzt klargeworden, dass wir etwas Unerlaubtes tun. Ist es etwas Schlimmes? Werden wir bestraft, wenn man uns erwischt? Und wie sähe die Strafe dann aus? Können wir überhaupt noch bestraft werden?

Das Mädchen richtet sich auf, winkt mir und weist auf die Stelle am Boden. Es ist ein winziges Loch an der Seite des Ganges, als wäre dort früher eine Schraube gewesen oder als hätte ein dünnes Kabel hindurchgeführt.

Auch ich gehe in die Knie und nähere meinen Kopf der Öffnung. Durch das Loch ist kaum etwas zu sehen: ein spärlich beleuchteter Raum, Muster auf dem Fußboden. Ist es ein Teppich? Ich sehe etwas darüber schlurfen. Einen Mann? Die Musik ist inzwischen deutlicher geworden. Ich drehe den Kopf zur Seite, lege das rechte Ohr ganz vorsichtig an das Loch.

Ich höre ein Cello, einen düsteren, schleppenden Ton, begleitet von einem Orchester. Vermutlich Klassik, aber ich kenne das Stück nicht. Da unten in diesem Zimmer, oder was es auch sein mag, hört jemand klassische Musik. Sitzt da jemand vor einem Bildschirm und schaut hinunter, so wie ich? Sieht sich da jemand seine oder ihre Beerdigung an, auf der diese Musik gespielt wird? Ich weiß es nicht, aber es ist wunderbar, mithören zu können – schon deshalb, da es heimlich geschieht, nicht für meine Ohren bestimmt ist.

Ich spüre die Hand des Mädchens auf meiner Schulter und stehe unwillig auf. Wir gehen vorsichtig, halb gebückt weiter, auf das Licht zu. Dort wird der Gang etwas höher und breiter: eine Art Nische, wo Kartons, Schachteln, weggeworfene Verpackungsutensilien herumliegen.

Von weitem dachte ich, das Licht stammte von einer Lampe, aber es ist ein Lichtbündel, das durch eine runde kleine Scheibe einfällt: eine Lichtsäule, die einen kreisrunden Fleck auf den Fußboden wirft.

Wir schauen es uns an. Ich will schon die Hand ausstrecken, um das Licht zu fühlen, doch das Mädchen zieht sie mit einer raschen Bewegung zurück: Vorsicht, das ist gefährlich. Sie sieht meinen erstaunten Blick, nimmt ein Stück Pappe und hält es in das Lichtbündel. Es verfärbt sich fast unmittelbar, schrumpft zusammen und verkohlt.

Ist das die Sonne – sind wir so nah dran? Ich weiß es nicht und möchte es eigentlich auch nicht wissen. Hier ist meine Welt, unsere Welt. Da draußen hört alles auf.

Inzwischen hat das Mädchen in einer Ecke ein paar flach gefaltete Kartons ausgebreitet. Darauf legen wir uns. Wir umarmen uns ganz selbstverständlich, kuscheln uns eng aneinander.

Ihren Kopf an meiner Schulter, lausche ich der Musik. Ihr Haar kitzelt meine Wange, ich streichle sanft ihre dunklen Locken, was sie mit zufriedenem Brummen erwidert.

Was für eine wunderbare Musik! Normalerweise würde sie mich traurig stimmen, nun aber verschafft sie mir ein Gefühl der Sicherheit und Ruhe. Und wie herrlich, jemanden in den Armen zu halten. Wie heißt sie eigentlich? Sie könnte meine Tochter sein, aber dann wäre ich ja schon mit achtzehn schwanger gewesen. Hätte Mark sie gemocht? Bestimmt. Sie hätten zusammen Unfug getrieben, und dann hätte er sich in sie verliebt. Und Gerard? Mal nicht daran denken. Mal an gar nichts denken. Nur der Musik lauschen …

Ich schließe die Augen und schwebe auf den dunklen Tönen des Cellos dahin.

Bis ich merke, dass das Mädchen sich mit einem Ruck aufrichtet. Sie starrt einen Moment vor sich hin, schaut mich an. Sie sieht meinen erstaunten Blick, und ein Lächeln spielt um ihre Lippen.

Dann steht sie auf, blickt suchend umher. Sie hebt ein Stück Karton auf und sticht mit ihrem Schlüssel Löcher hinein. Dann nimmt sie ein anderes Stück, reißt die Ecken ab, damit es rund wird, und hält beide übereinander in das Lichtbündel – nicht länger als ein paar Sekunden.

Das Teil mit den Löchern wirft sie weg. Das andere bietet sie mir mit einer anmutigen Geste an. Ich sehe zahllose schwelende schwarze Pünktchen – aus einigen steigen noch Rauchfähnchen empor. Das Mädchen pustet, ich sehe ihr triumphierendes Gesicht, und dann erst begreife ich, dass es dreiunddreißig sind.

Freundschaften entwickeln sich hier nur selten. Aber dieses Mädchen ist ein Fall für sich – sie hat Energie für mindestens zehn Leben. Es war zu erwarten, dass die beiden sich begegnen würden.

Trotzdem bringt es mich in Verwirrung, wenn ich es sehe. Nach unseren Regeln müssen wir so etwas unter-

drücken, möglichst verhindern. Aber das kann ich nicht. Früher vielleicht schon, nun habe ich keine Lust mehr dazu. Wird wohl am Alter liegen. Außerdem, was bedeuten Regeln?

Hätte ich ihr den Schlüssel abnehmen sollen? Einigen wir uns darauf, dass ich es nicht gesehen habe. Und genauso wenig habe ich gesehen, dass sie dort oben lagen und gelauscht haben. Ich habe einfach zufällig die Musik etwas lauter gestellt.

Und doch mache ich mir Sorgen. Dieses Mädchen wird immer dreister werden, bis es einmal schiefgeht. Und sie, die andere, hat noch einen langen Weg vor sich, bevor es bei ihr still wird. Sie wird kämpfen, sie wird sich nicht ohne weiteres geschlagen geben. Nun ja, einstweilen nicht daran denken. Alles zu seiner Zeit.

15

Was für ein Geschenk, was für ein Glück! War das, was heute geschehen ist, vorherbestimmt? Wusste der Mann im Kittel, dass es passieren würde? Ist er deshalb kurz in mein Zimmer gekommen? Ach, ist ja auch egal. Jetzt ist alles nicht mehr so schlimm.

Heute Mittag brachte er mir Socken, einen Pullover und eine Trainingshose. Während ich mich umzog, äugte er mit schiefem Blick auf das Stück Pappe mit den dreiunddreißig Pünktchen. Ich habe mich nicht dazu geäußert. Soll er doch ein bisschen herumrätseln.

Die Sachen passten. Ich habe mich bei ihm bedankt, gewartet, bis er das Zimmer verlassen hatte, und mich dann auf den Weg gemacht.

Diesmal bin ich zur Abwechslung nach links abgebogen. Meistens gehe ich nach rechts, am Monitor mit der Emmastraat vorbei, an der Frau mit der Handtasche, dem Frauengrüppchen, das sich unterhält, an Romeo und Julia. Aber heute ist mir nicht danach. Ich möchte über Zuhause nachdenken, über Mark und Astrid. Was, wenn Sylvia wirklich ihre Sachen packen würde? Wie würde Gerard darauf reagieren?

So streife ich, auf Socken und gedankenverloren, quer durch die Säle.

In den dicken, schwarzen Socken, der Hose und dem Pullover fühle ich mich wohl. Als wäre ich in meinem eigenen Haus: mieses Wetter draußen, in bequemen Klamotten am Ofen sitzen, nicht rausmüssen. Schade, dass es hier keine Fenster gibt. Ich würde so gern den Herbst sehen, die vorbeijagenden Wolken, und dabei Musik hören. Die Cellomusik von gestern zum Beispiel …

In der Mitte der Säle ist der Parkettfußboden aufgerauht und abgenutzt. Als wären vor mir Tausende Menschen darübergestiefelt und hätten auf diese Weise einen Pfad ausgetreten. Waren sie auch alle in Gedanken versunken, so wie ich?

Ich gehe lautlos und höre alles um mich herum. Den knarrenden Fußboden. Das leise Gemurmel einer kleinen Männergruppe. Sie tragen ihre guten Anzüge, stehen im Kreis und unterhalten sich. Worüber? Auch über Katzenstreu und Eisschränke?

Im nächsten Saal erklingt leises, rhythmisches Klatschen. Drei junge Mädchen bieten ein Tänzchen dar. Ohne Musik – die haben sie wahrscheinlich im Kopf. Sie tragen verschlissene Klamotten: ausgefranste Jeans mit abgeschnittenen Hosenbeinen. Und ihr Gesichtsausdruck zeigt keine Emotionen, als handle es sich bei dem Tanz um eine Pflichtübung, die sie weiter nichts angehe.

Auch hier Monitore, in jedem Saal mindestens einer. Auf einem ist ein Strand zu sehen: heranrollende Wellen, dahinter die untergehende Sonne. Ein Dutzend Leute sitzen auf dem Fußboden und schauen es sich an.

Vor einem Monitor wird gestritten, jedenfalls sieht es so aus. Ein Mann dreht sich wütend um, will weglaufen. Ein anderer Mann geht ihm hinterher, greift ihn an der Schulter und redet heftig auf ihn ein. Er führt ihn mit sanftem Zwang zu dem Monitor zurück, zeigt dort auf etwas. Wieder eine lange Geschichte, bei der der andere immer nur den Kopf schüttelt.

Ich bleibe stehen, und tatsächlich, der Mann dreht sich wütend um und läuft davon. Der andere holt ihn zurück, zeigt auf den Bildschirm, und so weiter.

Ich gehe weiter, sehe eine Mutter mit einem Baby im Arm. Sie sitzt auf einem Sofa an der Wand, wiegt das Kind sanft hin und her. Ich schaue zu und denke: Wünscht sich Sylvia wohl ein Kind von Gerard? Sie ist Anfang dreißig, es geht also noch. Würde Gerard das wollen? Und Mark und Astrid?

Und dann geschieht es.

Die Säle verlaufen in einer ganz leichten Biegung nach links, so dass man nie weiter als in den nächsten Saal sehen kann. Ich blicke meistens auf den Boden und nicht nach vorn, auch schon mal zur Seite, wenn ich etwas höre: die schwatzenden Männer, die tanzenden Mädchen, den Streit vor dem Monitor.

Aber jetzt schaue ich einen Saal weiter.

Und dort, zwischen den Menschen, nehme ich einen Blick wahr, der auf mich gerichtet ist. Von jemandem, der ganz bewusst nur mich anschaut. Jemand, der mich bereits erkannt hat, bevor ich ihn erkenne. Er trägt einen langen, dunklen Mantel, einen schäbigen Hut und hat lange Haare. Mein Gott, derselbe Hut, dieselben langen Haare wie damals …

Es ist David, David Storm.

Ich bleibe ein paar Sekunden stehen und renne dann auf ihn zu. Rutsche fast auf meinen Socken aus, als ich einem Mann mit Spazierstock ausweichen möchte. David breitet lächelnd die Arme aus. Wie ein Kind stürze ich mich hinein, und Tränen laufen mir über die Wangen.

David – endlich vereint, ein Gefühl, wie nach Hause zu kommen.

Wusste er, dass ich hier bin?

Er lächelt nur. Meint er damit ja oder nein?

Ich umarme ihn wieder, schaue ihn an, sage, dass er sich kein bisschen verändert habe. Zeige auf ein Sofa an der Seite, führe ihn mit leichtem Druck hin.

Und dabei rede ich pausenlos. Dass ich normalerweise immer nach rechts ginge, dass ich noch nie hier gewesen sei. Dass ich irgendwo, ein ganzes Stück weiter, ein Zimmer hätte. Ob er nie dorthin ginge? Und ob er nun gewusst hätte, dass ich hier bin? Vermutlich nicht, sonst wäre er doch zu mir gekommen.

Wir setzen uns. Ein vages Gefühl sagt mir, dass er

einen Grund für sein Schweigen hat. Doch darüber möchte ich mir jetzt nicht den Kopf zerbrechen, keine Fragen stellen. Ich bin viel zu glücklich über dieses Geschenk des Himmels. Endlich jemand, der mich kennt, der weiß, wer ich bin, der mich geliebt hat. Was will ich mehr?

Ich erzähle von dem Streit mit Gerard, von dem Unfall. Wie verschieden Gerard und ich waren und wie es deshalb oft zu Konflikten kam. Wie es total eskalierte, an jenem Silvesterabend. Wie ich hier nach einem Jahr aufgewacht bin und ein Mann mich in ein Zimmer gebracht hat, in Zimmer sechzehn. Und wie ich seitdem hinunterschaue …

Ich sage »hinunter«, drücke mich absichtlich vage aus. Soll ich ihm die Sache mit Sylvia erzählen, und das mit den Träumen von Astrid und Mark? Nicht jetzt, das hat noch Zeit.

David hört zu, sieht mich an, lächelt. Streicht mir eine Haarsträhne aus dem Gesicht. Er möchte mich fühlen, schmecken – das ist deutlich. Wie lange ist es her? Mehr als zehn Jahre. Und er hat sich überhaupt nicht verändert, sieht noch genauso aus wie bei dem letzten Mal in der Bahnhofsgaststätte, wo wir damals auf seinen Zug gewartet haben.

Ich spreche es aus: Damals hätte ich nicht gewusst, dass wir uns nie mehr sehen würden, ich hätte ihn verflucht. Warum diese Flucht, dieses Schweigen? Wir hätten doch darüber reden können? Ich liebte ihn doch? Warum?

Und ich fange wieder an zu weinen.

Er nimmt meine Hand, drückt sie an sich, streicht mir über den Kopf. Und irgendwie ist das genug, in diesem Moment. Mehr Antwort brauche ich nicht.

Ich schaue ihn an. Ob er auch ein eigenes Zimmer habe? Er schüttelt den Kopf. Ob ich ihn hier in diesem Saal finden könne? Er nickt.

Ich drücke noch einmal seine Hand und gehe dann wieder zurück. Seltsam, unter anderen Bedingungen hätte ich bestimmt noch stundenlang mit ihm reden wollen. Aber hier empfinde ich es anders. Es geht nicht darum, mit der Vergangenheit aufzuräumen und neu anzufangen, sondern darum, den Verlust zu akzeptieren.

Aber das ist mir in dem Moment noch nicht bewusst, jedenfalls nicht richtig. Ich bin vor allem erleichtert, dass mich jemand erkannt hat, dass es hier jemanden gibt, mit dem ich dieses und jenes teilen kann. Unterdessen zähle ich die Säle ab. Es sind achtzehn von David bis zu meinem Zimmer.

16

Heute Nacht sitze ich bei Mark, und plötzlich wird das ganze Zimmer weiß. Die Wände, der Fußboden – alles verwandelt sich in eine dicke Schneeschicht, und eine prickelnde, eisige Kälte weht ins Zimmer. Ich stapfe, einen Schlitten ziehend, durch den knirschenden Schnee. Der Schlitten gleitet mühelos dahin, als ob niemand drauf säße. Ist Mark so leicht? Ich schaue nach hinten und sehe Astrid.

Astrid in einem Traum von Mark?

Merkwürdig. Wo ist Mark dann? Ich schaue umher, sehe ihn nicht. Gerade, als mir der Gedanke kommt, ich könnte mich im falschen Traum befinden, zerplatzt ein Schneeball an meinem Hinterkopf. Ich drehe mich um, sehe Mark vorbeihuschen, und schon fliegt mir ein weiterer Schneeball um die Ohren.

Ich sehe seine blauen Handschuhe, seine blaue Mütze mit den Ohrenklappen, die bis unters Kinn reichen, und im gleichen Moment weiß ich, wo wir sind: im Winterurlaub, vor zwei Jahren. Gerard war gleich nach der Ankunft krank geworden, sicher hatte die lange ermüdende nächtliche Autofahrt dazu beigetragen. Fieber, Übelkeit, vermutlich war er auch erschöpft von seinem Job. Er lag die ganze Woche im Bett, und ich war allein mit den Kindern unterwegs.

Astrid und ich verschanzen uns hinter dem Schlitten und werfen Schneebälle zurück. Ich gebe Astrid ein Zeichen, dass sie Mark ablenken soll, und husche hinter eine Hütte. Schnell renne ich um sie herum, damit ich hinter ihm auftauchen kann. Ich packe einen großen Schneeklumpen, schleiche mich von hinten an und seife Mark ein.

Das lässt er sich nicht gefallen, und kurz darauf wälzen wir uns im Schnee. Astrid fällt um vor Lachen. Wir kriegen uns alle drei nicht mehr ein.

An das, was wir damals nach jener Schneeballschlacht getan haben, erinnere ich mich nur vage. Wir gingen in ein Restaurant am Fuß eines Berghangs und machten uns über ulkig aussehende Urlauber lustig: einen dicken Mann in einer superengen Skihose, die wie eine Wurstpelle aussah, eine elegante ältere Dame, die wie in einer Modenschau herumstakste …

Ich denke daran, und schon stellt es sich ein: Wir sitzen wieder am gleichen Ecktisch, die Kinder vor Limonade und Waffeln mit Schlagsahne, ich vor meinem zweiten oder dritten Grappa. Wir sehen uns die seltsamen Typen an, und als die elegante Dame auf dem nassen Fußboden fast ausrutscht, muss Astrid Tränen lachen.

Mark will meinen Grappa probieren. Er schnuppert daran, nippt, verzieht das Gesicht. Ich nehme einen großen Schluck, empfinde wieder das feurige Prickeln in der Kehle und denke gleichzeitig, dass mir im Moment alles piepegal ist.

Zwischen Gerard und mir lief es damals schon nicht mehr gut. Er nörgelte ständig herum, verlangte viel Aufmerksamkeit, fand, dass ich zu lange mit den Kindern wegbliebe. Und wenn wir dann zurückkamen, roch er meine Alkoholfahne und regte sich darüber auf. Aber meine Geduld mit ihm hielt sich in Grenzen. Ich hatte großen Spaß mit den Kindern. War vielleicht sogar froh, dass wir zu dritt waren. Die Tage waren ein Fest, die Abende und Nächte unerfreulich und lang.

Das gleiche Gefühl kehrt nun in dem Traum zurück: Der Wunsch, lange wegzubleiben, sich zu betrinken, nicht nach Hause zu wollen. Wir schlendern über die Dorfstraße. Ringsum ist es schon dunkel, glitzernde Schneekristalle tanzen im Schein der Straßenlaternen. Wir gehen Arm in Arm, ich in der Mitte, den Schlitten ziehend, und wir trällern etwas vor uns hin – die Erkennungsmelodie eines TV-Programms, das wir uns damals oft angesehen haben, ich weiß nicht mehr, wie es heißt. Aber ich merke, dass ich leicht schwanke, manchmal fast ausrutsche auf dem Schnee. Mark hält mich fest, sieht mich an. Er scheint es lustig zu finden.

So könnte ich noch stundenlang weiterlaufen.

Schließlich kommen wir zu einem Haus. Ist es die Ferienwohnung oder unser eigenes Haus? Unklar. Plötzlich zeigt mein Finger auf zwei kleine Löcher im Türpfosten. Da war mein Namensschild gewesen, und jetzt ist es weg. Nur Gerards Schild ist noch da.

Mark hat unterdessen die Tür geöffnet, Astrid rennt schon in den Flur. Mark winkt mir, aber ich bleibe vor der Tür stehen, weise auf die leere Stelle. Er guckt hin, die beiden Löcher befinden sich in etwa auf seiner Augenhöhe. Ich mache eine hilflose Geste. Begreift er sie? Er nimmt meine Hand, will mich ins Haus ziehen, doch ich rühre mich nicht vom Fleck.

Dann lässt er meine Hand los. Er schaut mich mit großen Augen an, verständnislos. Ich schüttle wieder den Kopf, deute auf die leere Stelle am Türpfosten. Mark lässt die Tür offen, verschwindet im dunklen Flur.

Das ist das Ende des Traums – ich bin wieder an Marks Bett. Ich gehe sofort hinunter, um nachzusehen. Mein Namensschild ist tatsächlich fort, und an der Stelle klebt nun ein Schildchen mit dem Schriftzug »Sylvia Bender«. Habe ich es gewusst? Habe ich es gesehen und unbewusst darauf reagiert? Es muss wohl so sein, denn wie käme ich sonst darauf?

Die Kinder haben es offenbar noch nicht gesehen. Mark rennt am nächsten Morgen, gleich nachdem er aufgewacht ist, die Treppe hinunter und schaut nach. Dann prescht er die Treppe wieder hoch, stürmt ins Schlafzimmer von Sylvia und Gerard.

»Wer hat Mamas Namensschild abgemacht?«

Zwei Gesichter schauen unter der Bettdecke hervor.

»Wer hat das gemacht?« Marks Augen sprühen Feuer.

Während sich Sylvia den Schlaf aus den Augen reibt, richtet sich Gerard weiter auf. »Bist du jetzt total übergeschnappt? Was fällt dir ein, in unser Schlafzimmer hereinzuplatzen und …«

Er unterbricht sich, als auch Astrid hereinkommt, aufgeregt schnaufend.

»Ich hab's gesehen, Mamas Name ist weg. Jetzt kann sie nicht mehr hier reinkommen.«

»Ihr habt es heimlich gemacht. Das ist gemein!«

Sylvia will etwas sagen, doch Gerard bedeutet ihr zu schweigen. Seine Stimme klingt ruhig. »Hört mir mal gut zu. Mamas Namensschild hing da jetzt anderthalb Jahre, und von mir aus hätte es auch bleiben können. Aber es sorgte für Verwirrung. Es kommt Post für Sylvia. Es kommt Besuch für Sylvia. Auch Leute, die Mama nie gekannt haben. Die blicken nicht durch, sie trauen sich nicht zu klingeln. Das ist schon mehrmals passiert.«

Mark gibt sich für einen Augenblick geschlagen.

Astrid nicht. »Mama wollte heute Nacht reinkommen, aber sie konnte nicht, weil ihr Name nicht an der Tür stand.«

Sylvia und Gerard schauen einander an. »Wieso wollte sie reinkommen?«

»Na ja, wir hatten eine Schneeballschlacht gemacht und dann unten am Skilift was gegessen, und dann sind wir nach Hause gegangen, aber sie konnte nicht mit rein.«

»Und warum nicht? Sie hätte doch reinkommen können, auch wenn ihr Name nicht an der Tür stand?«

Astrid schüttelt den Kopf. »Nein, das wollte sie nicht.«

An Gerards Miene ist noch nicht zu erkennen, ob er es kapiert.

Mark will offensichtlich nicht weiter darauf eingehen. Seine Stimme klingt immer noch wütend. »Hast du das Schild weggeworfen? Wann war das?«

Gerard will etwas sagen, aber nun ist Sylvia schneller. »Nein, Mark, wir haben das Schild nicht weggeworfen. Ich mache euch einen Vorschlag. Wir bringen Mamas Namensschild wieder an, und meins darf auch hängen bleiben. Für meine Post und meinen Besuch. Einverstanden?«

Mark blickt sie vernichtend an, dreht sich um und geht wortlos aus dem Zimmer.

Astrid bleibt noch kurz. »Es war so schön mit Mama. Ich hab mich kaputtgelacht …« Ihre Augen strahlen, ihr Blick scheint nach innen gerichtet.

Gerard, im Bett sitzend, schaut sie an. »Ja? Du hast von ihr geträumt?«

Astrid nickt. »Wir sind durch den Schnee nach Haus gestapft und haben das Lied aus der *Sesamstraße* gesungen. Mama hatte ein bisschen zu viel getrunken, aber das war lustig. Ab und zu wäre sie fast ausgerutscht …«

Die Erinnerung noch auskostend, dreht sie sich um und geht aus dem Zimmer, das bewusste Liedchen leise vor sich hin summend.

Gerard und Sylvia bleiben schweigend zurück.

Ich verbringe noch den ganzen Tag bei Sylvia.

Sie zieht sich an, bereitet das Frühstück für Gerard und die Kinder, alles ziemlich schweigsam. Irgendwann fragt sie, wann dieser Urlaub gewesen sei, von dem die Kinder geträumt haben. Gerard erzählt es ihr: Er sei damals krank gewesen, und ich hätte viel allein mit den Kindern unternommen. Vielleicht hätte er gern noch mehr gesagt, aber er hält sich zurück. Stattdessen legt er ihr ermutigend eine Hand auf die Schulter. Sie lächelt tapfer.

Als alle aus dem Haus sind, deckt sie den Frühstückstisch ab und räumt die Zimmer der Kinder auf. Sie bleibt lange am Bett meiner Tochter stehen. Hier hat Astrid von ihrer Mutter geträumt. Für sie offenbar eine unerreichbare Welt.

Im Wohnzimmer holt sie ein Fotoalbum aus dem Schrank und blättert darin zu dem besagten Winterurlaub. Sie sieht Fotos, die wir voneinander gemacht haben: lachend, im Schnee, und das eine und andere von Gerard, dick eingemummelt und mit säuerlichem Gesicht im Bett.

Unwillkürlich blättert sie weiter. Ein ganzes Eheleben kommt auf sie zu, mit Geburtstagen, Reisen, häuslichen und intimen Augenblicken. Sie absorbiert es förmlich, atmet es ein, als wollte sie sich zusätzlich quälen. Ich schaue über ihre Schulter mit.

Sie geht einkaufen, isst allein ein belegtes Brot, durchblättert flüchtig die Zeitung. Dann nimmt sie mein Namensschild – es liegt samt Schrauben in einem Kuvert in einer Schublade. Damit und mit einem Schraubenzieher geht sie zur Haustür. Und weil sie ihr Namensschild über die alten Löcher geklebt hat, muss sie nun neue bohren, was gar nicht so einfach ist.

Während sie so herumwerkelt, verlässt die Nachbarin das Haus, sie grüßt Sylvia, greift nach ihrem Fahrrad. Im Nu sieht sie, was Sylvia da treibt, spricht sie jedoch nicht darauf an. Aber Sylvia sieht, dass sie es sieht – der Schraubenzieher rutscht ab, streift ihren Finger.

So stehen jetzt unter Gerards Namen die Namen von zwei Frauen, als hätte er einen kleinen Harem. Ich bin wieder da, darf wieder hinein, und das habe ich selbst erreicht.

In der Küche lässt Sylvia kaltes Wasser über ihren Finger laufen. Eine kleine Blutblase hat sich gebildet, auf die sie eine Salbe schmiert.

Im Wohnzimmer stellt sie den Fernseher an, zappt, guckt sich gedankenlos eine Soap an. Ich setze mich auf die andere Couch, neben die schlafende Noortje. Es sieht fast so aus, als würde Sylvia über den sanften Stimmen der Schauspieler eindösen. Sie legt sich bequem hin, atmet ein paarmal tief ein, schließt die Augen. Unterdessen zieht sie mit langsamen Bewegungen den Reißverschluss ihrer Hose auf. Ihre Hand gleitet hinab, und sie beginnt, sich sanft zu streicheln.

Ich sehe atemlos zu, wie sie sich selbst befriedigt, als ich plötzlich ein paar Schnurrhaare an meinem Oberschenkel spüre. Noortje ist wach geworden. Sie streckt sich und gibt mir Köpfchen.

Das ist unmöglich, das darf Sylvia nicht sehen. Oder doch? Nein, lieber nicht. Also stehe ich auf, um das Zimmer zu verlassen, als das Telefon klingelt. Noortje wird abgelenkt – ich kann bleiben und mithören.

Wie ertappt macht Sylvia rasch den Reißverschluss ihrer Hose zu und nimmt den Hörer ab. Es ist Gerard, der sich nach ihrem Befinden erkundigt. Sylvia beruhigt ihn, sagt, dass sie das Namensschild wieder angebracht habe und heute Abend etwas Leckeres kochen werde. Gerard freut sich darauf und will versuchen, pünktlich nach Hause zu kommen.

Für dieses Essen hat sie sich tatsächlich ins Zeug gelegt: ein Gericht aus dem Wok mit Huhn, Sojasprossen und roter Paprika, serviert mit Reisnudeln und viel Krupuk. Trotzdem essen es die Kinder gedankenlos auf, unterhalten sich dabei lebhaft darüber, wie sie den Tag verbracht haben. Nur Gerard legt kurz liebevoll eine Hand auf ihren Arm, als Zeichen, dass es ihm schmeckt.

Über das Namensschild wird nicht mehr gesprochen. Wer weiß, ob Mark und Astrid überhaupt gesehen haben, dass es wieder angebracht wurde.

So scheint es ein Abend wie viele andere. Mark sitzt an seinem Computer, Astrid darf noch kurz fernsehen – danach schickt Gerard sie ins Bett, erklärt, dass er sehr müde sei.

Während er sich auszieht, sagt Sylvia, sie würde so gern mal mit allen zusammen in Urlaub fahren. Zu viert irgendwohin, zur Not auch nur ein langes Wochenende. Gerard findet die Idee gut, aber vorläufig habe er zu viel zu tun. Nicht einmal fürs Pläneschmieden habe er momentan genug Energie.

Sylvia nickt, schlüpft behutsam neben ihm ins Bett. Auf der Seite liegend schaut sie ihn an, hofft auf Augenkontakt, einen Blick, eine Geste. Doch vergebens. Gerard küsst sie flüchtig auf die Stirn, dreht sich um und löscht das Licht.

Sylvia bleibt auf dem Rücken liegen, reglos. Ich stehe an ihrem Bett, sehe im Halbdunkel, wie sie mit großen Augen an die Decke starrt. Auf der Straße gehen Leute vorbei, jemand pfeift eine Melodie und lacht dann laut. Sylvia blinzelt, ihre Augen füllen sich langsam mit Tränen. Sie wischt sie nicht ab – lässt sie einfach die Wangen herabrollen.

Ich sehe es und empfinde große Genugtuung.

17

In meinem Siegesrausch habe ich Lust, David zu sehen. Ich verlasse also mein Zimmer, gehe nach links, zum achtzehnten Saal. An den schwatzenden Männern vorbei, den tanzenden Mädchen, der Mutter mit dem Baby.

David sitzt auf einem Sofa an der Wand, zurückgelehnt, die Beine übereinandergeschlagen – als dächte er über unser letztes Gespräch nach. Er lächelt, als er mich sieht, nimmt den Hut ab und klopft mit der flachen Hand auf den Platz neben ihm, als Einladung.

Ich beschließe, gleich mit der Tür ins Haus zu fallen. Erzähle von Sylvia, meiner Wut darüber – von den Träumen, meinem Kontakt zu den Kindern und von der Verwirrung, die das in meinem ehemaligen Zuhause stiftet.

Er nickt, und aus seiner Reaktion kann ich folgern, dass er es versteht.

Doch eigentlich erwarte ich mehr, ich will sein Einverständnis. Ich sage: »Hast du mal hinuntergeschaut und versucht, dort etwas zu verändern?« Er nickt. »Und was?« Das möchte oder kann er nicht sagen. Und warum er es jetzt aufgegeben habe? David zuckt die Schultern, als wolle er damit ausdrücken, dass es ihm inzwischen ziemlich egal sei.

Gegen meinen Willen ärgert es mich allmählich, dass er den Stummen spielt. Was ist los mit all diesen schweigenden Menschen? Können sie nicht mehr sprechen, oder wollen sie nicht?

Er gibt immer noch keine Antwort, obwohl ich ständig weiterfrage. Was damals passiert sei in Spanien? War es ein Unfall oder Selbstmord? Warum die Flucht, von einem Tag auf den anderen? Ich habe ihn doch geliebt? Er habe doch gewusst, dass ich ihn liebte?

Er blickt einen Moment zur Seite, als ob er etwas hinunterschlucken müsse, und kramt dann etwas aus der Innentasche seines langen Mantels hervor. Es ist der Beleg von der Bahnhofsgaststätte, ich erkenne es sofort. Wir hatten erst Kaffee getrunken, dann Weißwein. Er hatte zwei Hotdogs gegessen, ich eine Suppe. Auf die Rückseite des Belegs hatte ich den Plan meiner neuen Wohnung mit zwei Strichmännchen darin gezeichnet: er und ich. Er hatte neben seines ein Fragezeichen gemacht – und ich aus diesem Fragezeichen ein Herz.

Ich war damals in ihn verliebt, aber er wich mir aus. Wenn wir zusammen waren, war es wunderschön, ich blühte richtig auf. Aber es gab auch immer lange Pausen, in denen ich ihn nicht erreichen konnte. Dann hatte er die Stadt verlassen – niemand wusste, wo er sich aufhielt.

Und manchmal machte er einfach nicht auf, wenn ich bei ihm klingelte. Er trank viel, das war mir bekannt, doch er wollte nicht darüber sprechen.

Je mehr er mir auswich, desto hartnäckiger rannte ich ihm nach. Ich habe mich noch nie um jemanden so bemüht wie um ihn. Letzten Endes habe ich meinen ganzen Stolz über Bord geworfen. Nicht aus Arroganz, als könnte ich es nicht ertragen, dass man mich abweist, sondern weil ich es nicht begreifen konnte. Wir gehörten zusammen, wir waren glücklich miteinander. Wie konnte er das einfach so wegwerfen?

Und dann, im Winter, fuhr er plötzlich nach Spanien. Für wie lange? Keine Ahnung. Und wohin? Zu irgendwelchen Bekannten – er würde mir nach seiner Ankunft dort schreiben. Und warum konnte ich nicht mitkommen? Er wolle lieber allein sein.

Wir gingen zusammen zum Bahnhof. Es schneite, ein nasser Schnee, der sich auf den Straßen gleich in Matsch verwandelte. Aber auf einem Brückengeländer lag noch eine jungfräulich weiße Schicht. Er legte seine gespreizte Hand darauf – danach legte ich meine kleinere Hand auf seinen Abdruck.

In der Bahnhofsgaststätte war es nass und dampfig. Alles tropfte, der Fußboden war rutschig. Wir saßen einander gegenüber und redeten fast kein Wort. Ich hatte zwar unzählige Fragen, spürte aber irgendwie, dass es keinen Sinn hatte, sie zu stellen. Also legte ich meine Hand in seine und wir schauten uns an. Bis er schließlich bezahlte, den Beleg in seine Tasche steckte. Er stand auf, legte einen Schlüssel in meine Hand, küsste mich auf den Mund und ging weg.

Ich sah ihm nach, wie er das Lokal verließ und auf den Bahnsteig ging, betrachtete den Schlüssel in meiner Hand. Es war sein Wohnungsschlüssel, um den ich ihn oft gebeten hatte, den er mir aber nie geben wollte. Warum jetzt? Und warum ging er mir nichts, dir nichts weg, obwohl sein Zug erst in einer halben Stunde fuhr? Ich wusste, dass es sinnlos wäre, ihm nachzugehen. Und so stand ich auf, ging durch eine andere Tür ins Freie.

Draußen war es inzwischen dunkel geworden. Große Pfützen von Schneewasser, durch die die Autos langsam hindurchfuhren. Ich lief zu seiner Wohnung, den Schlüssel in der Hand, tief in Gedanken versunken. An dem Brückengeländer aber blieb ich stehen. Der Handabdruck war noch da, unberührt. Ganz vorsichtig legte ich meine Hand wieder in seine und ließ sie da eine Weile liegen. Ich spürte, wie der Schneerest unter meinen Fingern schmolz, bis meine Hand nur noch auf dem kalten, glatten Geländer lag. Ich warf noch einen Blick darauf, dann wischte ich alles weg.

Wenig später betrat ich seine Wohnung. Ohne Licht zu machen saß ich eine Zeitlang auf seinem Bett und starrte vor mich hin. Dann zog ich die Schuhe aus und kroch unter die Decke. Das Kissen roch noch nach ihm, und ich wollte nichts lieber als schlafen. Vielleicht weil ich unbewusst ahnte, dass es ein Abschied für immer war.

Er schickte keinen Brief, rief nicht an. Eine ganze Woche blieb ich mehr oder weniger Tag und Nacht in seinem Zimmer und trank im Halbdunkel seinen Alkoholvorrat aus. Seine Wohnung war ein unbeschreibliches Chaos, aber ich traute mich nicht, irgendetwas anzufassen, aus Angst, ich könnte etwas durcheinanderbringen. In dieser Zeit lernte ich die Geräusche kennen, die zu seiner Welt gehörten: das Klavierspiel der Nachbarn, schnelle Schritte im Treppenhaus, das Geklapper der Müllabfuhr frühmorgens.

Dann, eines Vormittags, hörte ich Stimmen vor der Wohnungstür. Jemand machte sich am Schloss zu schaffen, ich öffnete hastig. Es war seine ältere Schwester – ich kannte sie von einem Foto –, die mit dem Hauswart versuchte hereinzukommen.

Sie blickten mich erstaunt an, und ich spürte gleich, dass etwas nicht in Ordnung war. David sei vor einigen Tagen bei einem Autounfall ums Leben gekommen. Sein Leichnam werde in die Niederlande überführt, wo er im engsten Familienkreis bestattet werden solle. Ich wurde vor allem bei dem »im engsten Familienkreis« hellhörig, denn darin steckte der Hinweis, ich solle mich besser nicht blicken lassen.

Ich gab mir Mühe, meine Bestürzung zu verbergen. Sagte, ich sei eine Freundin, die in seiner Abwesenheit auf die Wohnung aufpasste, stammelte eine Entschuldigung, suchte rasch meine Sachen zusammen und machte mich auf die Beine. Den ganzen Tag stromerte ich durch die Stadt, wo der Schnee mittlerweile einer strahlenden Sonne gewichen war. Ich war schockiert, erschrocken, doch andererseits wusste ich es, wusste ich, dass es so hatte kommen müssen. Aber warum? Und hätte ich es voraussehen können? Hätte ich es verhindern können?

So gegen fünf, als es dunkel wurde, entdeckte ich, dass ich den Schlüssel noch immer in der Tasche hatte. Ich lief zu seiner Wohnung zurück, und als ich sah, dass kein Licht brannte, ging ich vorsichtig wieder hinein. Seine Schwester hatte ein wenig aufgeräumt und das ein und andere mitgenommen: Kontoauszüge und private Unterlagen.

Ich setzte mich wieder aufs Bett, sah mich im Halbdunkel wieder im Zimmer um. Er würde nie mehr hierherkommen. Alles in diesem Raum war überflüssig geworden: die Bücher, die Kleidung, die an der Wand stehenden Platten …

Dann fiel mein Blick auf einen Briefumschlag, der offenbar unter der Tür durchgeschoben worden war. Ich war beim Eintreten darüber gelaufen. Er kam aus Spanien, aus einem kleinen Nest irgendwo im Binnenland, und war an mich adressiert. David schrieb, er sehe mich in seinem Zimmer sitzen, im Halbdunkel. Er wisse, dass ich viele Dinge nicht verstünde und könne auch begreifen, dass ich wütend sei. Später würde ich es besser verstehen. Ich solle nicht länger auf ihn warten oder nach ihm suchen. Er würde mich schon zu finden wissen, irgendwann …

Das war alles.

Ich habe den Brief eingesteckt, außerdem ein paar Fotos und einen Rasierpinsel. Der Rasierpinsel stand auf einem Bord über seinem Waschbecken. Ich hatte ihn schon öfter in die Hand genommen und daran gerochen.

Mit diesen Sachen habe ich seine Wohnung verlassen, für immer. Ich war nicht auf der Beerdigung, habe auch nie mehr etwas von seiner Familie gehört.

Das war David, die Liebe meines Lebens.

Und nun sind wir beide hier, im Jenseits, wie das heißt. Ich schaue ihn an, wie er neben mir sitzt, in die Ferne blickend, und mir ist bewusst, dass er immer noch so weit weg ist wie damals. Was ich ihn früher hätte fragen wollen, was ich ihn jetzt gern fragen würde – die Antworten werde ich selbst finden müssen.

Ein Gefühl von Verlust, von Leere, überwältigt mich. Er soll es nicht merken, deshalb stehe ich rasch auf. Ich schenke ihm ein kleines Lächeln und gehe. Als ich mich am Ende des Saales umblicke, sitzt er reglos auf dem Sofa an der Wand, wie er da vielleicht schon viele Jahre gesessen hat …

18

Wieder in meinem Zimmer, schalte ich den Monitor an und gehe zu Mark, um neben seinem Bett den Morgen abzuwarten. Das ganze Zimmer ist nun blau gestrichen, auch die Decke. Doch Spaß hat es ihm nicht gemacht. Mark musste schuften, er wollte nicht, dass ihm jemand half, und Gerard hat ihm auch noch einen Teil der Kosten für die Farbe aufgebrummt.

Wie hat es eigentlich angefangen, zwischen Gerard und mir? Wie kam es dazu, dass jemand, der so anders war als David, letztlich doch mein Mann und der Vater meiner Kinder wurde?

Weil er mir das Leben gerettet hat.

Ein halbes Jahr nach Davids Tod lernten Gerard und ich uns kennen. Er studierte noch, ich arbeitete in einer Kneipe, in die er ab und an kam. Na ja, arbeiten, diese

Bezeichnung verdiente meine Tätigkeit kaum. Ich kam häufig zu spät oder erschien gar nicht. Schenkte die Gläser zu voll, machte Fehler beim Kassieren. Der einzige Grund, warum mich der Wirt behielt, war vermutlich der, dass ich ab und zu mit ihm ins Bett ging.

Kurzum, ich führte ein lockeres Leben, und irgendwie war Gerard davon beeindruckt. Er blieb oft bis nach der Polizeistunde, brachte mich ein paarmal nach Hause. Ich merkte schon, dass er Interesse an mir zeigte, aber weiter als zur Haustür durfte er mich nicht begleiten. Er war mir zu bieder, zu bürgerlich, das Gegenteil von dem, was ich in jener Zeit wollte.

Was wollte ich überhaupt?

Das wusste ich wahrscheinlich selbst nicht, aber gemessen an dem, was ich tat, war ich dabei, mich kaputtzumachen. Ich schluckte alles Mögliche, ging mit den falschen Männern ins Bett. Sie gaben mir Drogen und als eine Art Tauschgeschäft blieb ich eine Nacht bei ihnen. Einmal wurde so ein Typ vor meinen Augen niedergeknallt. Ich stand dabei, sah zu. Es hat mich kaum berührt.

Tief im Innern fühlte ich, dass das nicht lange gutgehen könnte. Es ging bergab, und wenn ich nichts tun würde, ginge es total schief. Und genau das war der Punkt. Ich konnte nichts tun, ich ließ es geschehen.

Vielleicht wollte ich ja sterben. Um bei David zu sein.

So weit wäre es fast gekommen, an jenem Abend im September. Ich lag mit einer Überdosis im Bett. Ich hatte schon alles vollgekotzt, wäre beinah erstickt, war bewusstlos.

Gerard war nach Wochen wieder in die Kneipe gekommen. Er hörte, dass ich entlassen worden war und dass es mir schlechtginge. Nach der Polizeistunde, draußen auf der Straße, »hatte er eine merkwürdige Begegnung«, wie er es später nannte, eine Begegnung, die ihn auf die Idee gebracht habe, zu mir nach Hause zu gehen. Er habe minutenlang auf die Klingel gedrückt und schließlich meine Tür aufgebrochen. Vor allem auf dieses Türaufbrechen war er hinterher enorm stolz. Es kostete ihn eine Schulterprellung und nicht unerheblichen Schadenersatz, doch das steigerte nur sein Triumphgefühl.

Er besuchte mich täglich im Krankenhaus, brachte mir Blumen, Bananen und aufmunternde Worte. Man hatte mir die Wohnung gekündigt, und er meinte, bis ich etwas anderes gefunden hätte, könnte ich bei ihm einziehen. Viel Platz gäbe es zwar nicht, aber er sei ohnehin den ganzen Tag in der Uni, also …

Ich nahm sein Angebot an.

Natürlich wusste ich, dass es ein Angebot mit Bedingungen und Konsequenzen war. Doch das interessierte mich kaum. Ich wollte vor allem ein anderes Leben führen: strukturiert, gesund, hart arbeitend.

Und das tat ich denn auch.

Während Gerard studierte, putzte ich die Wohnung, machte die Wäsche, ging einkaufen, ich kochte, spülte das Geschirr. Kurz, ich wurde die ideale Hausfrau, und es machte mir sogar Spaß. Gerard schwebte im siebten Himmel. Ich habe ihn noch nie so froh und glücklich erlebt wie in der Zeit. Er studierte fleißig, blühte zugleich aber richtig auf. Die Tatsache, dass er mich »gerettet« hatte, gab ihm Selbstvertrauen. Er wurde forscher und selbstbewusster, vielleicht übernahm er was von meinem Draufgängertum.

Und ich?

Ich war stolz auf mich, dass ich es geschafft hatte. Keine Drogen, kaum noch Alkohol, keine falschen Freunde mehr. Selbst David hatte ich inzwischen fast vergessen, und als ich nach einem halben Jahr schwanger wurde, war ich überglücklich. Gerard machte sein Diplom, fand ziemlich schnell einen Job. Wir kauften ein Haus, Mark wurde geboren, und das war der Beginn unserer kleinen Familie.

In diese Gedanken bin ich also vertieft, als ich sehe, wie Mark neben mir aufwacht. Er dreht sich auf den Rücken, öffnet die Augen und starrt minutenlang an die blaugestrichene Decke. Dann scheint es, als wolle er weiterschlafen. Er dreht sich um, zieht sich die Bettdecke über den Kopf.

Aber das dauert nicht lang. Nach wenigen Minuten kommt er wieder hervor. Er richtet sich etwas auf und schlägt nach kurzem Zögern die Bettdecke zurück, setzt sich aufrecht hin, hält die Hände vors Gesicht. Er blickt zur Seite, zu der halb geöffneten Tür, als müsse er Mut fassen.

Dann steht er auf und geht in den Flur. Am Badezimmer vorbei, direkt zu dem Schrank, dessen Tür er ganz vorsichtig aufschiebt. Er hockt sich hin, öffnet die Schachtel mit meinen Sachen und kramt darin herum.

Das hatte ich schon mal auf dem Videoband gesehen – nun sehe ich es in der Wirklichkeit. Mein zerrissenes T-Shirt gleitet durch seine Finger, er befühlt es und schnuppert an den Blutflecken, die hart und steif geworden sind. Dann vergräbt er wieder das Gesicht in meiner Jacke, wie damals.

Beim Zuschauen fühle ich mich todunglücklich. Damals hatte es mich getröstet, jetzt sehe ich darin nur noch seine Einsamkeit: Wie schrecklich, wenn ein Kind nur noch ein blutbeflecktes T-Shirt von seiner verunglückten Mutter hat. Was kann ich tun, um diesen Verlust wettzumachen?

Während ich da im Flur stehe, fällt ein Schatten über mich. Es ist Sylvia, die beinahe reglos dasteht, nur den Kopf um die Türecke steckt.

Sie sieht Mark, der vor dem Schrank hockt, und erschrickt sichtlich. Sie zögert einen Augenblick, ob sie zu ihm hingehen soll, lässt es aber sein. Stattdessen zieht sie sich lautlos zurück, wartet jedoch, bis sie ihn wieder in sein Zimmer gehen hört.

Ich begleite sie. Sie steht im Zimmer am Bettrand und betrachtet lange den schlafenden Gerard. Wird sie ihn wecken? Mit ihm darüber reden? Sie tut es nicht, schlüpft ganz vorsichtig wieder unter die Decke. Gerard tastet im Schlaf nach ihr. Er legt einen Arm auf sie, schmiegt sich zufrieden brummelnd an sie.

Sie aber legt den Arm behutsam zurück, starrt mit offenen Augen an die Decke.

19

Plötzlich frage ich mich, wie das denn war mit meinen blutbefleckten Sachen. Wer hat sie mir ausgezogen, wer hat sie aufgehoben? Und wie bin ich an die Kleider gekommen, die ich anhatte, als ich wach wurde?

Das, was direkt nach dem Unfall geschah, wollte ich mir eigentlich nie ansehen. Ich hatte Angst vor dem Blut, dem Entsetzen – vor meinem toten Körper.

Aber jetzt will ich es wissen.

Es sind sechs Bänder, die ich erst einmal zur Seite gelegt hatte – das siebte ist das von meiner Beerdigung.

Mit zitternden Händen lege ich die erste Kassette ein. Ich drücke auf *play* und bin sofort wieder in jener Silvesternacht. Knallendes Feuerwerk, vage Lichtblitze – dazwischen ein Autowrack, das hochgehievt wird. Es ist unser Wagen, doch wo sind Gerard und ich? Umstehende sehen neugierig zu, wie das Auto auf einen Anhänger bugsiert wird. Einige halten ein Glas in der Hand, sind so aus ihren Häusern gelaufen. Im Hintergrund die offenstehenden Türen. Die Leute zeigen auf das Fahrzeug, unterhalten sich aufgeregt. Schütteln einander plötzlich die Hand, wünschen sich ein glückliches neues Jahr – als hätten sie es vergessen. Das Auto schaukelt in den Seilen. Die Tür neben dem Beifahrersitz, auf dem ich saß, springt krachend auf und bricht fast ab. Etwas weiter weg steht der Wagen, der uns gerammt hat, mit verbeulter Motorhaube.

Gleich danach: Krankenhaus. Es herrscht viel Betrieb. Leute rennen durch den Gang, schieben ein Bett vor sich her. Ein Junge mit blutender Hand, schreiend vor Schmerz, wird hereingebracht. Dann Gerard in einem Rollstuhl, sein Gesicht ist blutverschmiert, sein rechter Arm bis zur Schulter in Gips. Er wird in ein Zimmer gefahren, wo eine Schwester sein Gesicht verbindet. Er fragt sie etwas, ich kann es nicht gut verstehen. Sie antwortet ihm nicht.

Dann, in der Totenstille eines kalten, gefliesten Raumes, höre ich ein leises Schneidegeräusch. Jemand schneidet mit einer großen Schere ein T-Shirt auf, von unten nach oben. Erst als die Schere am Hals ist, sehe ich mein Gesicht. Meine Augen sind geschlossen, die Haut ist blass und voller Schrammen und blauer Flecken. Mein Kopf bewegt sich leicht, als der Mann meinen Oberkörper anhebt und das zerschnittene T-Shirt darunter wegzieht.

Danach zieht er mir den Slip aus. Er streift ihn vorsichtig ab, bis über die Füße. Ich betrachte sein Gesicht. Er ist jung, ich schätze ihn auf Mitte zwanzig, unrasiert und trägt eine kleine Brille. Er faltet die Sachen zusammen und legt sie in einen Korb zu der Jacke und den Jeans. Er trägt einen weißen Kittel mit etwas zu kurzen Ärmeln – sein Pulli guckt darunter hervor.

Ich halte das Bild an, spule ein Stück zurück. Woher kenne ich diesen Mann, wo habe ich ihn schon mal gesehen? Plötzlich weiß ich es wieder. Es war im Krankenhaus, als Gerard und ich dort im Gang saßen und auf den Arzt warteten. Gerard war rausgegangen, um zu telefonieren. Ich beobachtete ihn und merkte an seiner Haltung, dass etwas nicht stimmte. Und er, dieser Mann, blieb kurz stehen und sah mein erschrockenes Gesicht.

Wahrscheinlich hatte er Nachtdienst und kam gerade erst herein. Er hat an dem Abend nichts getrunken, oder höchstens ein Gläschen zum Anstoßen. Er hatte gerade noch Zeit, seiner Freundin oder vielleicht auch seinem Freund ein glückliches neues Jahr zu wünschen. Dann hat er sein Rad genommen und ist zum Krankenhaus gefahren. Gefasst auf eine lange, schwere Nacht. Er hat seine Kollegen begrüßt, ihnen ein glückliches neues Jahr gewünscht, und gleich darauf ist die Hektik ausgebrochen. Da steht er nun und muss kaum eine Stunde nach Dienstbeginn einer toten Frau die Kleider ausziehen, die noch nicht einmal kalt ist. Erinnert er sich, dass er diese Frau vor einer Stunde noch lebend gesehen hat? Wahrscheinlich nicht.

Und würde das für mich etwas ändern? Ja. Denn irgendwie ist dieser Mann wichtig für mich. Er ist dort unten der Letzte, der mich angefasst hat, und wenn ich die Gelegenheit gehabt hätte, hätte ich mich ihm vorgestellt: »Guten Abend, ich bin Laura de Zeeuw. Ich geh mal kurz weg, aber würden Sie bitte, wenn ich gleich zurückkomme, vorsichtig mit mir umgehen? Denn dieser Körper hat viel mitgemacht, obwohl er erst zweiunddreißig Jahre alt ist. Er hat Laufen gelernt, geweint, gelacht und geliebt. Er hat Kinder geboren und wird gleich bei einem Autounfall in Stücke gerissen. Das soll Sie nicht weiter kümmern, Sie kennen mich nicht, und es ist nicht Ihre Schuld. Aber ich bin doch froh, dass ich Sie kurz getroffen habe. Also bis gleich, und ach ja – schon mal ein glückliches neues Jahr …

Bah, welch ein sentimentaler Unsinn, wozu lasse ich mich hinreißen. Warum mache ich das? Aus Selbstmitleid? Müdigkeit? Oder habe ich zu viele Soaps gesehen?

Ich versuche, meinen Kopf zu leeren und drücke erneut auf *play*. Wir sind wieder in dem kalten, gefliesten Raum.

Die Tür geht auf. Jemand steckt den Kopf um die Ecke, sagt etwas, was ich nicht verstehe. Die Tür wird wieder geschlossen, Stille. Der Mann mit der kleinen Brille dreht sich um und betrachtet mich, wie ich da nackt auf dem Tisch liege. Draußen auf dem Korridor schlägt eine Tür zu, jemand ruft etwas, in der Ferne heult eine Sirene – im Raum herrscht Totenstille. Der Mann schaut mich an, ich sehe, dass er mein Bild in sich aufnimmt, eine halbe Minute lang. Dann holt er ein Kärtchen, füllt es hastig aus und befestigt es mit einem Stück Schnur an einem Finger meiner rechten Hand. Dann legt er ein Laken über mich und verlässt den Raum.

Bei diesem Bild habe ich mich lange aufgehalten.

Oder besser gesagt, derjenige, der es aufgezeichnet hat, konnte sich anscheinend denken, dass ich bei diesem Bild lange verweilen würde, denn es bleibt minutenlang stehen. Ich sehe die Umrisse meines nackten Körpers unter dem Laken. So still lag ich noch nie.

Danach Noortje auf der Anrichte, knabbernd an einem übrig gebliebenen Krapfen. Als es klingelt, springt sie herunter. Astrid, im Schlafanzug, rennt zur Tür und sieht zwei Männer, einen von ihnen in Polizeiuniform. Sie guckt beide einen Moment mit großen Augen an, fängt dann an zu weinen.

Die Männer wissen nicht so recht, wie sie sich verhalten sollen. Der in Uniform möchte ihr beruhigend über den Kopf streichen, aber sie weicht zurück und wehrt ihn schreiend ab. Dennoch gehen die Männer vorsichtig ins Haus hinein. Während der eine sein Handy nimmt und telefoniert, bemüht sich der Polizist erneut, Astrid zu besänftigen. Es gelingt ihm nicht.

Doch dann hat der andere Gerard am Telefon. Astrid kriegt das Handy und beruhigt sich, als sie die Stimme ihres Vaters hört. Er redet lange auf sie ein. Ich verstehe nicht, was er sagt, aber offensichtlich läuft es darauf hinaus, dass sie auf ihn warten solle. Sie nickt und gibt dem Mann das Telefon zurück.

Sie setzen sich ins Wohnzimmer – Astrid auf die Couch, die beiden Männer ihr gegenüber. Der Polizist schaut sich um. Er sieht Noortje, versucht sie zu streicheln, sagt etwas zu Astrid, was ich aber nicht verstehe. Astrid schweigt, sieht ihn mit großen, ängstlichen Augen an.

Im Krankenhaus kann Gerard schon wieder ein bisschen laufen. Den Arm in Gips schlurft er durch einen Gang, sucht ein bestimmtes Zimmer. Eine Schwester zeigt ihm den Weg, geht vor ihm her. Mark schläft – er liegt im ersten Bett, gleich neben der Tür.

Gerard schaut die Schwester kurz an, als wisse er nicht so recht, was er tun solle. Sie macht eine Geste, die heißen soll »Setzen Sie sich ruhig, bleiben Sie einen Moment bei ihm«. Sie schiebt ihm einen Stuhl hin, Gerard nimmt Platz. Er sieht, wie Mark die Augen öffnet und ihn verwundert anblickt. Im selben Moment zieht die Schwester den Vorhang rund ums Bett zu.

So habe ich mir die sechs Bänder angeschaut, und meine Bewunderung für den, der das alles zusammengestellt hat, wuchs stetig. Mit einem Blick für Drama und Detail hat er von dem Zeitpunkt des Unfalls an alle Höhepunkte festgehalten. Oder nein, nicht vom Zeitpunkt des Unfalls an – das hieße ja, dass ich sofort tot war. Wahrscheinlich bin ich auf dem Operationstisch gestorben. Davon gibt es keine Bilder. Offenbar wurde noch gewartet, bis mein Tod definitiv und unumstößlich feststand.

Erst danach kümmerte sich jemand um mich. Er musste vielleicht schon nach zehn anderen sehen, in verschiedenen Stadien, und nun kam ich dazu. Mit schiefem Blick beobachtete er die Operation, und als ich aufgegeben und das Laken über mich gelegt wurde, kam ich endgültig in seine Obhut.

Er startete mit dem Hochhieven des Autos auf den Abschleppwagen, zur Einstimmung. Danach das Aufschneiden meiner Kleider, für das er sich viel Zeit genommen hat. Aber er durfte auch Gerard nicht vergessen, und Astrid, und Mark. Er wird alle Hände voll zu tun gehabt haben in jener Nacht.

Die Tage vor meiner Beerdigung waren von Trostlosigkeit und Verzweiflung geprägt. Gerard kam noch in derselben Nacht nach Hause, Mark am nächsten Tag. Eltern und Schwiegereltern wurden benachrichtigt, kamen vorbei. Der Neujahrstag war ein einziges Jammertal. Ich wurde in eine Trauerhalle gebracht und feierlich aufgebahrt. Meine blutbefleckten Kleidungsstücke hatte Gerard in einer Plastiktüte aus dem Krankenhaus mitgenommen. Er hatte andere Sachen gebracht: das Sommerkleid, das er so mochte. Zwei Leute vom Bestattungsinstitut haben es mir angezogen. Und in seiner Eile und Unwissenheit hatte Gerard die falschen Schuhe mitgenommen, ein Paar Schuhe, die ich mal im Ausland gekauft und nie getragen hatte, weil sie mir zu klein waren. Die Sachen vom Unfalltag hat er im Flurschrank verstaut, in einem Karton ganz unten, und sich wahrscheinlich nie mehr darum gekümmert. Bis Mark sie entdeckte.

Mark wollte am 2. Januar unbedingt wieder zur Schule. Er hätte noch zu Hause bleiben können, doch er bestand darauf. Davon gibt es Bilder, und erneut stieg meine Achtung für das Einfühlungsvermögen des Mannes, der diese Bänder zusammengeschnitten hat. Denn in der Schule zeigte sich gleich, warum Mark so gern hingehen wollte. Er durfte vor der Klasse seine Geschichte erzählen und wurde damit sofort zum Helden des Tages. Alle waren nett zu ihm, alle nahmen Rücksicht auf ihn. In der Pause schenkte ihm ein hübsches, blondes Mädchen ihr Armband aus schwarzen und gelben Perlen. Sie zog es ihm übers Handgelenk, umarmte ihn und drückte sich an ihn. Mark nahm es mit angemessener Traurigkeit hin.

Was soll ich zu diesen Tagen sonst noch sagen? Dass Astrids Schlafrhythmus gestört, dass sogar Noortje etwas angeschlagen war, und dass sich – tatsächlich – auch Sylvia Bender schon meldete. Sie hatte es auf Umwegen gehört und stand plötzlich vor der Tür. Fing gleich an zu schluchzen, als sie Gerard mit eingegipstem Arm sah.

Ob sie irgendwie helfen könne?

Gerard stellte einen Einkaufszettel zusammen, und sie hat an dem Abend gekocht. Den Kindern war es recht, sie waren mit ihren Gedanken sowieso woanders. Sylvia hat sogar noch abgewaschen und aufgeräumt, und als sie sich am Abend verabschiedete, umarmte sie Gerard, wie das blonde Mädchen Stunden vorher Mark umarmt hatte. So profitierten die Männer von ihrem bedauernswerten Status, denn auch Gerard ließ es sich gern gefallen.

20

Als ich kurz danach durch den Gang gehe, um frische Luft zu schnappen, sehe ich eine offenstehende Tür. Es ist das Zimmer des alten Mannes, aus dem oft Musik erklang: ernste, geistliche Musik, mit einer Orgel oder einem Chor im Hintergrund. Doch in den vergangenen Tagen war es still geworden.

Nun steht die Tür einen Spalt offen.

Ich zögere, klopfe behutsam an. Keine Reaktion. Ich rufe leise: »Hallo ...«, mache die Tür weiter auf.

Der Monitor ist angeschaltet, aber sonst ist das Zimmer leer, soll heißen, es ist niemand da. Rechts neben der Tür steht ein Sofa, genau wie bei mir. Es liegt eine Mütze darauf – eine karierte Schirmmütze, wie sie Leute früher getragen haben.

Der Schrank mit den Videokassetten ist halb leer, der Tisch mit dem Monitor ist verschmutzt und fleckig.

Auf dem Monitor ist ein Bauernhof zu sehen, ein einsamer Hof unter einem dunklen Wolkenhimmel. Wiesen und Gräben im Vordergrund, links ein sich dahinschlängelnder Feldweg, rechts vom Hof eine Baumgruppe. Die Kronen der Bäume bewegen sich sanft im Wind. Sonst ist auf dem Bild kein Leben zu entdecken.

Ich erschrecke, als ich hinter mir jemanden höre, drehe mich schnell um. Es ist der Mann im Kittel.

»Was machen Sie hier?«

Er schiebt ein Wägelchen mit leeren Kartons vor sich her.

»Ich, äh ... die Tür stand offen.«

»... und da dachten Sie: Warum nicht mal einen Blick reinwerfen?«

»Ja, so ähnlich ...«

»Das geht nicht. Sie können nicht einfach überall reingehen.«

Er fängt an, die restlichen Videobänder aus dem Schrank in einem Karton zu verstauen.

»Warum nicht?«

»Äh, nun, darum nicht. Das ist nicht der Zweck der Sache.«

Wir merken beide, dass das eine dumme Antwort ist. Also bleibe ich stehen.

»Was ist mit dem Mann geschehen, der hier wohnte? Ist er weg?«

Er nickt.

»Warum? Wohin?«

Er richtet sich auf, sieht mich an. »Äh ... in den großen Raum ...« Er dreht den Kopf in Richtung der Säle.

»Für immer?«

Er nickt.

»Aber warum? War er hier fertig?«

Der Mann zögert. »So könnte man es nennen. Aber jetzt müssen Sie wirklich gehen. Wir können hier nicht ...«

»Womit fertig?«

Keine Antwort.

»Warum sprechen einige Menschen und andere nicht?«

An seiner Reaktion merke ich, dass ihm diese Fragen unangenehm sind. Er schaut mich prüfend an, wägt jedes Wort ernsthaft ab.

»Es gibt Menschen, die nicht mehr das Bedürfnis haben, zu sprechen ...«

»Warum nicht?«

»Sie haben mit dem Sprechen mehr oder weniger abgeschlossen ...«

»Abgeschlossen.«

»Ja. Die haben alles gesagt, was sie sagen wollten ...«

Ich merke, dass er mir einiges verschweigt von dem, was er weiß, dass noch eine Welt hinter seinen Worten liegt. Aber länger kann ich nicht bleiben, ich fühle, dass er mich wegschicken wird.

»Werde ich auch einmal mit dem Sprechen aufhören?«

Diese Frage hatte er nicht erwartet. Er schaut mich an, holt tief Luft, um etwas zu sagen, denkt nach.

»Das liegt ganz an Ihnen ...«

Ich blicke ihn an und sehe an seiner Miene, dass es eine halbe Lüge, vielleicht gar eine ganze ist. Aber ich belasse es dabei, drehe mich um und gehe aus dem Zimmer.

21

Das liegt ganz an Ihnen« … Was meint er damit? Liegt es an mir, ob ich irgendwann aufhöre zu sprechen? Aber so viel rede ich doch gar nicht. Und der Mann, der hier wohnte, den habe ich auch nie reden hören. Nur immer die Musik.

War das sein Bauernhof auf dem Monitor? Wohnt seine Frau noch da? Und ist er jetzt einer dieser schweigenden Menschen geworden? Seltsame Idee, dass er nun durch diese Säle wandert …

Gedanken, die mich trübsinnig stimmen, und plötzlich will ich fort. Mal keine Fragen, keine Erinnerungen, keine Familienprobleme.

Ob das geht? Weiter als bis zu Astrids Ballettschule und zum Supermarkt an der Ecke bin ich nie gekommen. Kann ich zum Beispiel ans Meer, wenn ich das will? Ich gehe zu dem kleinen Platz vor unserem Haus, bewege die Maus hin und her, und auf einmal schwebe ich hoch oben über unserem Wohnblock.

Ich kann also fliegen, wie damals in Marks Traum.

Unter mir ist es ruhig – ein normaler Wochentag mit wenig Verkehr. In der Ferne sehe ich den Stadtrand: grüne Wiesen, eine Autobahn. Ich bewege wieder die Maus, und ich komme in Bewegung, erst langsam, aber dann immer schneller. Die Stadt saust unter mir vorbei, und erst wenn ich die Maus loslasse, werde ich wieder langsamer. Es dauert einen Moment, doch dann habe ich das richtige Tempo und die Richtung gefunden.

Trotzdem ist es anders als damals mit Mark. Da hatte ich seine Hand festgehalten, die Autobahn gerochen, den Regen gespürt. Jetzt sehe ich alles nur, wie durch eine Glasscheibe.

Ich fliege ans Meer, zu einem Fleckchen in den Dünen, wo ich vor langer Zeit oft gewesen bin. Ich finde es nach langem Suchen, denn es hat sich viel verändert. Aber die Kletterdüne ist noch da, die Düne, die ich als Kind so oft hinuntergerannt bin.

Es ist wenig Betrieb. Unten an der Düne sitzt eine Frau auf einer Bank, während ihr Kind für sich allein spielt. Ansonsten scheint alles wie ausgestorben. Ich bewege mich die Düne hinauf, schwebe mühelos über den lockeren Sand, durch den ich früher mühsam stapfen musste. In wenigen Sekunden bin ich oben.

Auf der Düne beginnt ein Weg, der über die Dünenkuppen zum Meer führt. Diesen Weg bin ich als Kind oft gegangen. Er ist nur ein paar Kilometer lang, aber in meiner Erinnerung kam er mir damals endlos vor. Es war immer heiß, der Sand war schwer, und ich sehnte mich nach dem Meer. An jeder Biegung, hinter jeder Düne, über die wir gingen, hoffte ich, das Meer zu sehen. Doch immer hieß es: durchhalten – noch ein kleines Stück bis zur nächsten Kuppe.

Wenn ich dann endlich, so recht glaubte ich schon nicht mehr daran, das blaue Wasser sah, das weiße Glitzern der Brandung – juchzte ich vor Glück. Dieser Moment, dieses Gefühl einer endlich erfüllten Sehnsucht, ist mir immer im Gedächtnis geblieben.

Mittlerweile bin ich auf der Hälfte des Weges, und eigentlich geht es mir viel zu schnell. Als fehlte mir etwas von dieser früheren Erinnerung, etwas Wesentliches. Also setze ich mich auf eine Bank, blicke um mich herum, versuche die Umgebung auf mich wirken zu lassen. Doch das ist genau der Punkt: Die Umgebung wirkt nicht auf mich ein. Das Gefühl des warmen, lockeren Sandes unter meinen nackten Füßen, der Duft der Kiefernnadeln, die Schweißtropfen, die mir über den Rücken rollten. Die Erschöpfung, die einem Hochgefühl wich, wenn ich das Meer erblickte …

Das alles ist nun ganz weit weg. Sogar das Rauschen der Baumkronen nehme ich nur vage wahr. Ich bin ein Schatten geworden, und was früher so selbstverständlich war, ist jetzt unerreichbar.

Ein junges Paar kommt händchenhaltend vorbei, sie sind in ein lebhaftes Gespräch verwickelt. Manchmal lässt er ihre Hand kurz los, um seinen Worten mit einer Geste Nachdruck zu verleihen. Sie nickt und hört zu. Kurz scheint es, als wollten sie sich auf meine Bank setzen, doch er nimmt ihre Hand, und sie gehen weiter. Ich sehe sie in der Ferne hinter einer Düne verschwinden und fühle, wie die Stille und Leere wieder auf mich herabsinkt.

Gerade als ich überlege, nach Hause zurückzugehen, gerät die Bank, auf der ich sitze, in Bewegung. Ich werde hin und her geschleudert, muss mich festhalten, um nicht herunterzufallen.

Ich blicke zur Seite und sehe Gerard neben mir, am Steuer eines Autos. Er blickt grimmig vor sich hin, dreht wütend das Lenkrad.

Mit quietschenden Reifen schießen wir um eine Kurve. Leute springen zur Seite, ein Auto kann uns im letzten Moment ausweichen. Über die Straßenbahnschienen, links und rechts überholend, über die rote Ampel …

Zwei kleine Fäuste hämmern von hinten auf Gerards Schultern. Es ist Mark, auf dem Rücksitz, der ihn verzweifelt zum Anhalten bewegen möchte. Er schreit, doch seine Stimme verliert sich im Motorenlärm.

Mark und ich scheinen Gerard egal zu sein. Er rast durch den lebhaften Verkehr, fährt zum x-ten Mal über Rot. Ein Auto kommt von rechts, kann uns nicht mehr ausweichen. Ich fliege durch die Luft, spüre aber nichts. Ahne höchstens, dass es mir bekannt vorkommt. Jemand beugt sich über mich, stöhnt leise …

Es ist Mark.

Sein Gesicht ist ganz nah an meinem, als wollte er mir

einen Kuss geben. Aber er weint, ich sehe die Tränen in seinen Augen. Seine Hände berühren mich, und als er sie wegzieht und anschaut, sind sie blutverschmiert. Sein Blick drückt Entsetzen aus.

Ist das ein Traum? Es ist doch noch nicht Nacht?

Im selben Moment höre ich Sylvias Stimme. »Was ist, Mark? Hast du schlecht geträumt?« Sie steht in der Tür seines Zimmers.

Mark liegt auf dem Bett, er schaut sie an.

»Ich habe dich schreien gehört …«

Er nickt, richtet sich langsam auf. »Ich bin eingeschlafen …«

»Warst du so müde? Hast du heute Nacht nicht gut geschlafen?«

Sie setzt sich neben ihn aufs Bett.

»Hast du Kummer? Möchtest du darüber reden?«

Ihre Stimme klingt freundschaftlich. Sie rückt etwas näher an Mark heran, doch er rückt genauso weit von ihr weg.

»Denkst du noch oft an … an deine Mutter?«

Er zuckt mit den Schultern, was Sylvia als Bestätigung auffasst.

»Mark, wenn dich etwas bedrückt, solltest du darüber reden. Es ist nicht gut, wenn man alles in sich hineinfrisst, das kann krank machen.«

Er nickt fast unmerklich. Ich lese in Sylvias Augen, dass sie kurz erwägt, Mark zu erzählen, was sie nachts gesehen hat. Aber sie tut es zum Glück nicht.

Stattdessen legt sie ganz kurz einen Arm um seine Schulter.

»Na, dann mal früh ins Bett heute Abend. Ja?«
Er nickt, widerwillig.

Sylvia geht hinaus. Mark dreht sich noch mal um und versucht, wieder einzuschlafen.

Doch er findet keinen Schlaf, er ist schon zu wach. Und so bleibt er mit geöffneten Augen liegen, lauscht den Geräuschen im Haus.

Irgendwann geht die Tür, die einen Spaltbreit offen stand, unmerklich etwas weiter auf. Noortje kommt herein. Sie bewegt sich lautlos durchs Zimmer, schnuppert an Marks Schuhen und an seiner Tasche und springt schließlich aufs Bett, wo sie sich am Fußende niederlässt und sich putzt.

Ich habe das alles von einer Ecke im Zimmer aus verfolgt. Jetzt kommt mir ein Gedanke, eine Idee, die ich ausführen muss, ob ich will oder nicht.

Ich stehe auf, trete ans Bett und beginne, Noortje den Rücken zu streicheln.

Sie fängt gleich an zu schnurren und richtet den Schwanz auf. Mark nimmt es aus den Augenwinkeln wahr, aber er reagiert nicht, als würde er es noch nicht richtig erfassen. Ich halte meine Hand etwas über den Kopf der Katze. Sie blickt hoch, richtet sich ein bisschen mit den Vorderpfoten auf, um die Streicheleinheiten gewissermaßen aus meiner Hand zu stibitzen.

Mark sitzt inzwischen im Bett.

Er macht ein Geräusch, mit dem er Noortje immer lockt – sie geht sofort zu ihm und lässt sich streicheln. Dann zieht er seine Hand weg, wie um zu schauen, was passieren wird. Noortje bleibt erst mal sitzen und wartet auf neue Liebkosungen. Doch als die ausbleiben, trottet sie wieder ans Fußende. Ich streichle sie erneut, lasse sie zu meiner Hand hochspringen.

Mark beobachtet das Spiel mit offenem Mund und allmählich wird ihm bewusst, dass hier etwas Besonderes stattfindet. Er schaut sich um, um sicher zu sein, dass niemand in der Nähe ist, und sagt dann leise, fast flüsternd: »Bist du das, Mama?«

Ich schreie laut: »Ja!« – doch mein Schrei ist unhörbar. Deshalb streichle ich die Katze, als Antwort. Mark kann sich nicht sattsehen, er versucht, seine Gedanken zu ordnen. »Wenn du es bist, und wenn du mich verstehst, dann lass Noortje hochspringen.«

Ich tu's – und Mark zuckt zusammen. Er schlägt die Hände vors Gesicht und versucht, seine Gefühle in den Griff zu kriegen.

Auch mir wird es zu viel. Was ich ihm nicht alles sagen möchte – ich fühle mich so verdammt machtlos. Wir haben Kontakt über das Streicheln einer Katze, und im selben Moment erkenne ich, wie unmöglich das ist.

Noortje ist die Einzige, die keine Probleme damit hat. Sie schnurrt und genießt und ist rundum zufrieden.

22

Irgendwie werde ich das Gefühl nicht los, dass ich mit dem Streicheln der Katze den Bogen überspannt habe. Es schien phantastisch, aber es ist gefährlich. Denn wie soll es weitergehen? Mark wird Noortje ständig beobachten und auf ein neues Zeichen von mir warten. Er wird mehr wollen als nur ein Zeichen. Aber wie soll ich das bewerkstelligen? Sollen wir morsen, um zu kommunizieren? Je mehr ich darüber nachdenke, desto unmöglicher erscheint es mir. Über kurz oder lang werden Gerard und Sylvia dahinterkommen. Sie werden ihn für verrückt erklären, mit den entsprechenden Konsequenzen.

Nein, es muss aufhören, und zwar schnellstens. Jetzt ist es noch möglich. Für Mark wird es eine Weile schwer sein, doch dann wird er es vergessen. Gerade weil es einmalig war, wird es ihm letztendlich wie ein Zufall vorkommen: ein wundersames, unerklärliches Spiel der Natur.

Ich halte mich also von Noortje fern und gehe somit auch Mark aus dem Weg, denn er verliert die Katze keine

Sekunde aus den Augen. Er bleibt den ganzen Abend in ihrer Nähe, stellt sogar nachts einen Futternapf neben sein Bett in der Hoffnung, dass Noortje bei ihm bleiben wird. Sie lässt sich kurz darauf ein, entscheidet sich dann aber doch für ihren Lieblingsplatz auf der Wohnzimmercouch. Mark setzt sich, im Schlafanzug, auch ins Wohnzimmer, bis es Gerard auf die Nerven geht und er ihn ins Bett schickt.

Wegen des ganzen Theaters herrscht im Haus eine angespannte Stimmung: Mark enttäuscht, Gerard, der nicht weiß, was los ist – Sylvia, die vergeblich versucht zu beschwichtigen. Ich fühle mich schuldig, machtlos, und verdrücke mich.

Ich verlasse mein Zimmer für eine Wanderung durch die Säle, diesmal nach rechts. An der Emmastraat vorbei, an der Frau mit der Handtasche, an Romeo und Julia. Ich denke nach, wie lange ich schon hier bin: wenn ich meinen Schlaf mitzähle, fast anderthalb Jahre. Ein halbes Jahr davon in einem kleinen Zimmer, mit Videokassetten und einem Monitor. Ohne das hätte ich es nicht ausgehalten, ich wäre völlig verrückt geworden. Wie machen die anderen das bloß, die hier schweigend und wesenlos umhergehen? Wollen die nichts mehr? Haben sie überhaupt noch Gedanken?

So gehe ich nachdenklich durch die Säle, als ich plötzlich stehen bleibe. In einer Ecke des soundsovielten Saals sehe ich auf einem Monitor ein Bild, das mir bekannt vorkommt. Ein Bauernhof, von Bäumen umgeben, im

Vordergrund Wiesen. Ich gehe näher heran, und dann bin ich mir sicher. Dieses Bild habe ich in dem leeren Zimmer gesehen, dem Zimmer, das von dem Mann im Kittel ausgeräumt wurde.

Auch jetzt bewegen sich die Baumkronen im Wind. Derselbe dunkle Wolkenhimmel über dem Haus, der Feldweg links glänzt vom Regen. Und doch gibt es einen Unterschied, der mir erst nach und nach auffällt: die Fensterscheiben sind kaputt. Es sind schwarze Löcher, abgebröckelt, wie Augenhöhlen in einem Skelett. War das neulich auch schon so? Nein, das muss in der Zwischenzeit passiert sein.

Ein Grüppchen Menschen steht um den Monitor herum. Einer sagt, der Bauernhof werde wahrscheinlich abgerissen. Ein anderer nickt. Gut möglich, denn dort soll eine Autobahn gebaut werden. Ein Dritter ergänzt, ein Teil des Geländes sei bereits verkauft worden. Stimmt, sagt ein Vierter, der Hof wird schon lange nicht mehr bewirtschaftet.

So merke ich, wie sich auch hier ein Gesprächsmuster herausbildet. So wie ein Pfad im hohen Gras entsteht, wenn immer aufs Neue Leute durchlaufen. Wissen diese Menschen wirklich, was mit dem Hof geschehen wird, oder quasseln sie einfach drauflos? Und werden sie dieses Gespräch bis zum Sankt-Nimmerleins-Tag wiederholen? Was, wenn das Gehöft nicht abgerissen, sondern zum Beispiel umgebaut wird? Verläuft das Gespräch dann entsprechend anders?

Ich will es nicht wissen, ich will hier nicht dazugehören. Doch gerade als ich mich umdrehe, sehe ich ein Gesicht, das ich zu kennen glaube. Es gehört zu einem hochgewachsenen, kahl werdenden Mann mit zerfurchtem Gesicht, der offenbar emotionslos auf den Monitor starrt. Ist das der Mann, den ich mal gesehen habe, als ich schreiend aus meinem Zimmer auf den Gang gelaufen bin? Hat er früher auf dem Bauernhof gewohnt? Aber warum ist er dann hier? Und warum sagt er nichts?

Während ich darüber nachdenke, weiß ich bereits die Antwort. Er ist »fertig«, er hat »mit dem Sprechen abgeschlossen«, wie es der Mann im Kittel ausgedrückt hat. Der alte Mann merkt, dass ich ihn anschaue, er schaut mit leerem Blick zurück, ohne mich zu erkennen. Wahrscheinlich erkennt er nicht einmal seinen Bauernhof. Er hat die Mütze in seinem Zimmer liegen gelassen, aber auch das ist ihm nicht bewusst.

Diese Erkenntnis, dass der Mann für alle Ewigkeit seine Mütze entbehren muss, stimmt mich unendlich traurig. Ich gehe weg von dem Monitor, setze mich auf ein Sofa an der Wand. So ist das also: Ein Mensch ist »fertig« oder »redet nicht mehr«, aus welchem Grund auch immer. Sein Zimmer wird aufgeräumt, das letzte Bild auf seinem Monitor erscheint hier im Saal wieder als eine Art Tapete, und übrig bleibt ein schweigender Zombie, der nichts mehr weiß, nichts wiedererkennt.

So drohe ich von düsteren Gedanken überflutet zu werden, als ich eine sanfte Hand auf meiner Schulter spüre. Es ist das dunkelhaarige Mädchen, das mich erwartungsvoll anblickt. Ich bin so froh, sie zu sehen, dass ich sie umarme und streichle. Aber sie hat offensichtlich andere Pläne, denn sie zieht unauffällig etwas aus der Tasche ihres Samtkleides und zeigt es mir: ein Schlüssel. Ich nicke – es ist der Schlüssel, den ich schon einmal gesehen habe. Mit vielsagendem Blick legt sie einen Finger an ihre Lippen. Dann steht sie auf und geht mit mir in den folgenden Saal, ab und zu schaut sie sich um, als fürchte sie, beobachtet zu werden.

Plötzlich, am Ende des Saales, zieht sie mich in einen Gang hinein. Der Schlüssel passt in eine Tür, durch die wir rasch hindurchgehen. Direkt vor uns ein Gewirr von Gängen: hinter jeder Tür ein neuer Gang, am Ende eines jeden Ganges wieder eine neue Tür – und der Schlüssel passt in alle Schlösser. Wie kommt sie daran? Hat ihn jemand verloren? Hat sie ihn jemandem aus der Tasche geklaut? Was hat sie vor?

Es ist ein Labyrinth, doch das Mädchen kennt den Weg in- und auswendig. Sie bleibt mitunter stehen und horcht, und einmal zerrt sie mich hastig in eine dunkle Ecke, wo wir warten, bis die Schritte verhallt sind. Offenbar dürfen wir uns hier nicht aufhalten, und wieder habe ich das Gefühl, das ich schon einmal hatte: Nervenkitzel, weil wir Unfug treiben. Was droht uns, wenn wir erwischt werden? Eine Standpauke? Hausarrest? Ohne Essen ins Bett?

Doch nichts passiert. Die Gänge werden breiter, und schließlich gelangen wir an eine schwarze Stahltür. Das Mädchen öffnet sie vorsichtig einen Spalt und schaut. Dann winkt sie mir, und wir schlüpfen lautlos und hintereinander durch die Tür hinein. Halb gebückt folge ich ihr zu einer Art Gestell, hinter das wir uns hocken.

Es ist eine riesige Lagerhalle, eine Art Hangar: hoch, breit und so lang, dass ich die andere Seite kaum sehen kann. Ganz weit weg klingt ein leises Dröhnen, das sich wie ein Echo im Raum verbreitet. Dort fahren Wägelchen hin und her, eine Art Gabelstapler. Wahrscheinlich werden sie von Menschen gesteuert, aber die sind kaum zu erkennen.

Ich lasse den Blick durch den Raum schweifen, frage das Mädchen flüsternd, was das alles sei. Sie deutet in die Ferne und dann auf den Stapel, hinter dem wir hocken. Es ist ihr offenbar ziemlich egal. Erst jetzt sehe ich, was sich direkt vor mir befindet: Kartons, große Pappkartons. Ich hebe einen Deckel etwas an und erblicke Videokassetten, mit Jahreszahlen versehen: 2003, 2004–5, »Elisabeth«. Der Karton ist bis obenhin gefüllt mit Kassetten von einer gewissen Elisabeth. In einem anderen Karton befinden sich Kassetten von einem »Johannes«, 2006.

Ich habe keine Zeit, mich länger damit zu befassen, denn das Mädchen zupft an meinem Arm. Wir müssen weg. Gebückt gehe ich hinter ihr an der Wand entlang zur hintersten Ecke der Halle, wo wir uns im Dunkeln kleinmachen. Dort sehen wir, wie aus der Ferne ein Wägelchen in Richtung des Gestells mit den Kartons angefahren kommt. Das Gestell wird angehoben und zur anderen Seite der Lagerhalle transportiert.

Hier werden Videokassetten weggeräumt. Wohin? Und was ist mit dieser Elisabeth und diesem Johannes geschehen? Könnte Johannes der Mann von dem Bauernhof sein?

Wieder werde ich von dem Mädchen aus meinen Gedanken gerissen. Sie steht vor einer kleinen Tür und winkt. Ich gehe zu ihr, doch bevor sie die Tür öffnet, macht sie eine Geste, die so viel heißen soll wie »pass auf, vorsichtig«. Ich nicke, sie öffnet behutsam die Tür.

Ich stehe direkt hinter ihr und spüre einen kühlen Luftzug. Das Mädchen blickt um sich, und als offenbar die Luft rein ist, winkt sie mir. Wir gehen schnell hinaus, sie muss die Tür festhalten, damit die Zugluft sie nicht mit lautem Knall zuschlägt.

Wir stehen auf einem etwa vier Meter breiten Betonstreifen. An der einen Seite eine Wand, die Hallenwand – an der anderen Seite Finsternis. Man kann gerade noch den Rand des Betons sehen, dann nichts mehr.

Ich lehne mich mit dem Rücken an die Wand, weil ich Angst habe, zu nah an den Rand zu kommen. Denn dieser Rand, oder besser gesagt, das, was dahinter ist, flößt mir schon beim ersten Anblick große Angst ein. Das Mädchen merkt es und muss lächeln. Sie geht ein paar Schritte weiter, bis sie einen Meter vor dem Rand steht, und lässt sich, die Augen geschlossen, den Kopf weit in den Nacken gelegt, den Wind durch die Haare wehen. Der Anblick lässt mich schaudern, aber ich traue mich nicht, sie davon abzuhalten oder etwas zu ihr zu sagen. Wahrscheinlich macht sie es nicht zum ersten Mal.

Während ich so dastehe, nehme ich ein Geräusch wahr, ein leises, dunkles Brummen. Wie von einem Flugzeug, das längst vorübergeflogen und in der Ferne noch lange und undeutlich zu hören ist. Nur stärker, allumfassender. Es erfüllt den ganzen Raum mit einem dumpfen Rauschen. Und irgendwie scheint es, als enthalte dieses Rauschen so viel Energie, dass sich diese jeden Moment aus der Schwärze heraus zu einer gewaltigen Explosion verdichten könnte.

Ist das die Ewigkeit?

Blicke ich hier, auf einem nur wenige Meter breiten Rand stehend, in die unendliche Tiefe der Ewigkeit? Werden hier die Videokassetten versenkt? Die Kassetten von Elisabeth und Johannes? Über den Rand hinab in die Tiefe? Wird hier irgendwann auch mein Leben – oder was davon übrig ist – entsorgt werden?

Von diesem großen, brummenden Nichts geht eine Anziehungskraft aus. Eine fast absurde Erkenntnis der Nichtigkeit, aber zugleich auch ein berauschendes Gefühl der Übermacht. Ich kann mich einfach wie in Mutterarme fallen lassen – und werde dann in das große Weltall aufgenommen. Ich würde eins sein mit allem, was einmal war und allem, was noch kommen wird. Es ist zu groß, um es zu begreifen …

Unwillkürlich habe ich mich noch fester an die Wand gedrückt. Das Mädchen sieht es und kommt auf mich zu, lächelt über meinen beklommenen Blick. Sie zieht etwas aus der Tasche ihres Kleides und zeigt es mir: Es ist ein Polaroidfoto von ihr in einem Krankenhausbett. Ihr Kopf ist kahl, und neben ihr, am Kopfende, sitzt ein etwa gleichaltriger Junge. Er trägt eine grellbunte Pudelmütze und hat einen Arm um ihre Schulter gelegt. Beide lachen fröhlich in die Kamera.

Ich gebe ihr mit einem Nicken zu verstehen, dass ich das Foto schön finde. Möchte fragen, wer das ist, doch meine Stimme versagt, bringt keinen Ton heraus. Sie sieht es, lächelt darüber. Dann wirft sie das Foto achtlos über die Schulter. Es wird sofort vom surrenden, flirrenden Luftstrom aufgenommen, verschwindet in der Finsternis.

Sie sieht mein erschrockenes Gesicht, nimmt mich tröstend in die Arme. Als wolle sie mir sagen: Das ist alles unwichtig, es sind bedeutungslose Dinge. Sie spürt, wie ich zittere, drückt mich fest an sich.

Und dann, wie von allein, fangen wir an zu tanzen. Hat sie angefangen, oder ich, oder wir beide gleichzeitig? Ich weiß es nicht mehr. Hingegen erinnere ich mich an ein Gefühl der Unerschrockenheit, des Übermuts, als sei ich betrunken. So konnte es passieren, dass wir manchmal nah am Rand vorbeitanzten, dass ich das vage erkannte und es mir nichts ausmachte – im Gegenteil, ich fand es wunderbar.

Und so, wie mich das dunkelhaarige Mädchen vorher getröstet, mich liebevoll beschützt hatte vor allem, was mich hier noch erwarten würde – so hat sie mich nun bis an die äußerste Grenze dieser Welt geführt.

23

Als ich wieder in meinem Zimmer bin, mache ich eine Entdeckung. Seit unserem Ausflug ist unten mehr als ein Monat vergangen. Gerard und Sylvia waren mit den Kindern im Urlaub. Gerard arbeitet schon wieder. Mark und Astrid haben noch Ferien.

Sie waren auf der westfriesischen Insel Vlieland – das sehe ich an einigen Fotos an der Pinnwand. Sylvia und Gerard auf einem Tandem, Astrid im Meer, Mark mit einem Drachen am Strand. Hat es sie näher zueinandergeführt? Ich kann es nicht zurückverfolgen.

Es ist drückend heiß. Die Straßen sind leer, alle sind noch in den Ferien oder raus aus der Stadt. Von draußen klingt das Gekreische einiger Kinder, die in einem kleinen Pool im Garten plantschen. Die Vorhänge sind zugezogen. Noortje liegt ermattet auf der Couch.

Mark ist allein zu Hause, mit einer Schulfreundin – dem blonden Mädchen, das ihm das Armband geschenkt hatte. Sie bemalen die blaue Wand in seinem Zimmer. Mark gibt Anweisungen, und das Mädchen zeichnet alles, was er nur möchte: einen Strand, Dünen im Vordergrund, das Meer in der Ferne, einen Sonnenuntergang – und sie beide, wie sie am Wasser entlanglaufen. Ich stehe dabei und beobachte, wie das Mädchen mit einem Filzstift alles mühelos hinzaubert und Mark seine Bewunderung kaum verbergen kann. Dann malen sie gemeinsam auf die andere Wand einen Sternenhimmel. Mark weiß alles über Sternbilder, was wiederum das Mädchen beeindruckt.

Ich genieße es, den beiden zuzuschauen: Er gibt sich cool, sie ziemlich locker. Manchmal blicken sie einander verstohlen an, und mir ist klar, dass ich das nur sehe, weil ich unsichtbar bin – das würde eine lebendige Mutter nie zu sehen bekommen. Er hilft ihr in der Küche, als sie sich die Tinte von den Fingern wäscht, nutzt dankbar die Gelegenheit, dicht neben ihr zu stehen. Sie spritzt ihn nass, sie rennen hintereinander her, Noortje flüchtet aus dem Zimmer.

Dann trinken sie Limonade auf dem Balkon. Das Mädchen – sie heißt Iris – sagt, sie werde übermorgen mit ihren Eltern nach Frankreich fahren. Ihr Vater wolle schon nachts aufbrechen, dann sei es nicht so warm. Aber es graue ihr schon vor der langen Autofahrt.

Mark erzählt von Vlieland, dass er sich manchmal verloren gefühlt habe. Er hätte gern auch mal was allein gemacht, aber Sylvia sei dagegen gewesen, sie wollte unbedingt immer alles zusammen machen. Und wenn er dann doch mal allein schwimmen gegangen sei, habe sie ihn gleich wieder mit ihren Fragen genervt, weil sie dachte, er sei unglücklich.

Iris nimmt seine Hand und betrachtet das Armband. Sagt, sie sei beeindruckt gewesen, damals, als er in der Schule von seiner Mutter erzählt habe, von dem Unfall. Er habe so ruhig gewirkt. Mark sagt, er hätte es damals noch nicht richtig begriffen, dass seine Mutter tot war. Da vor der Klasse sei es ihm vorgekommen, als habe es ihn nicht selbst betroffen.

Ob er es mittlerweile begriffen habe, fragt sie.

Mark denkt eine Weile nach, zieht etwas unbeholfen die Schultern hoch. Iris schaut ihn an, beugt sich zu ihm und küsst ihn behutsam auf die Wange. Diese Geste ist so zärtlich, und in Marks Blick liegt eine so himmlische Seligkeit, dass ich die beiden am liebsten in die Arme schließen würde.

Kurz darauf – Iris ist schon gegangen – kommen Sylvia und Astrid nach Hause. Sie waren auf dem Kinderbauernhof, Astrid hat Ferkel und Ziegen gefüttert und ist immer noch hin und weg. Sie geht Sylvia in der Küche zur Hand, plappert ununterbrochen. Ich sehe, wie vertraut sie miteinander sind, höre, wie Astrid mitunter »Mama« zu Sylvia sagt, und mir ist klar: Sie hat ihre neue Mutter gefunden. Dieses Band wird jeden Tag stärker werden – dagegen kommen keine Träume an.

Mark bleibt in seinem Zimmer, wo er die Zeichnungen noch etwas verbessert. Sylvia kommt kurz herein, sagt, es sei schön geworden, lässt ihn ansonsten in Ruhe. Zwischen ihnen herrscht eine spürbare Spannung, und beide tun ihr Bestes, die Stimmung nicht noch zu verschlimmern.

Zu guter Letzt kommt auch Gerard nach Hause. Er sieht gebräunt und munter aus. Der Urlaub hat ihm sichtlich gutgetan. Er steht singend unter der Dusche, zieht etwas Luftiges an und lässt sich das Abendessen schmecken.

So hat die kleine Familie, während ich auf dem schmalen Rand der Ewigkeit tanzte, zusammengefunden – bis auf eine unwillige Ausnahme.

In dieser Nacht sitze ich an Marks Bett und hoffe, die verlorene Zeit wettmachen zu können. Hat er in den Ferien von mir geträumt? Oder geschieht das nur, wenn ich wirklich verfügbar bin? Denkt er jetzt vielleicht, dass ich ihn im Stich lasse? Wie nach dem einmaligen Streicheln von Noortje? Wer hat überhaupt während des Urlaubs für die Katze gesorgt? Die Nachbarin? Sie macht es meistens …

Mark dreht sich langsam auf die Seite, streift das Laken etwas von sich ab. Er ist nur mit einem Laken zugedeckt, doch selbst das scheint noch zu warm zu sein. Sonderbar, dass ich die Hitze nicht spüre. Früher hasste ich solche warmen Nächte, wo alles an einem klebte. Gerard machte das viel weniger aus. Er nannte es »schwül«, die Hitze erregte ihn, erst recht, wenn ich fast nichts anhatte. Dann musste gevögelt werden, aber mir war diese Schwitzerei zuwider. Wie mag das bei Sylvia sein? Soll ich mal einen Blick ins Schlafzimmer werfen? Nein, lieber nicht, ich will die Gelegenheit, mit Mark in Kontakt zu kommen, nicht …

Auf einmal höre ich ein sanftes Rauschen. Kommt es von draußen, sind es die raschelnden Blätter? Ich möchte aus dem Fenster schauen, doch das ist nicht mehr da. Stattdessen ein ruhiges Meer, wo kleine Wellen sanft an den Strand rollen und wieder zurückgleiten. Die Wände des Zimmers sind Himmel geworden – blauer Himmel, so weit das Auge reicht.

Ich spüre Sand unter meinen Füßen, noch kühl vom eingesickerten Meerwasser. In dem dünnen roten Kleid, das ich im Sommer oft trage, gehe ich am Strand entlang. Aber wenn das ein Traum von Mark ist, wo ist er dann? Ich schaue mich um und ein Stück weiter sehe ich ihn und Iris. Die beiden beugen sich über etwas, und als ich näher komme, sehe ich, was es ist: ein großer Seestern. Mark hebt ihn vorsichtig auf, damit wir ihn genauer betrachten können. Iris stützt seine Hand, lässt das stachlige Ding in ihre Hand gleiten. Sie wischt mit dem Finger ein wenig Sand von dem Tier, legt es dann wieder ins Wasser.

Wir gehen weiter.

Ich halte mich etwas abseits, weil ich denke: Wenn er von Iris träumt, wofür braucht er mich dann? Und im gleichen Moment, als könne er meine Gedanken lesen, dreht sich Mark um und winkt mir – ich soll zu ihnen kommen. So gehen wir zu dritt am Strand entlang, schweigend, in vollkommener Harmonie. Hin und wieder werfe ich einen Blick auf Iris und Mark und denke: Er möchte sie mir zeigen, ich soll daran teilhaben. Ich bin so dankbar dafür, dass ich spontan nach seiner Hand greife. Iris nimmt seine andere Hand. Mark, zwischen zwei Frauen, ist überglücklich.

In dem Moment geht das Meeresrauschen in das leise Summen eines Autos über. Es ist dunkel. Mark sitzt auf der Rückbank neben Iris. Sie haben die Augen geschlossen und halten Händchen. Der Kopf der schlafenden Iris rutscht langsam auf Marks Schulter. Er öffnet ganz kurz die Augen, und ich sehe, wie er vorsichtig den Duft ihrer Haare schnuppert.

Was mache ich in diesem Auto? Sitze ich vorne? Wer sitzt am Steuer?

Als ich zur Seite schauen möchte, streckt Mark die Hand nach mir aus. Ich beuge mich zu ihm, als wolle ich fragen: Was willst du? Und im selben Moment liegen wir zusammen im Bett. Ich halb über ihm, meine Haare streifen sein Gesicht. Iris ist verschwunden …

Und dann ist es vorbei.

Mark liegt wieder allein, reglos auf dem Rücken – ich sitze neben seinem Bett, an die blaue Wand gelehnt. Unterdessen ist er aufgewacht. Er starrt eine Weile an die Decke, hat den Traum noch in den weit geöffneten Augen. Dann zieht er das Laken hoch, als wäre ihm kalt.

Ich sehe es und fühle mich meilenweit von ihm entfernt.

24

Offenbar sehen die Frauen nicht, dass ich mich ihnen nähere. Sogar die Frau, die mit dem Gesicht zu mir steht, blickt nicht über die Grenze ihres Grüppchens hinaus.

Rechts von mir, in sicherem Abstand, aber doch so nah, dass sie es noch hören kann, steht das dunkelhaarige Mädchen. Ich werfe ihr einen einvernehmlichen Blick zu – lausche und warte …

»Einfach ein Schüsselchen saubere Katzenstreu …«, sagt die Frau mit den kurzen, dunklen Haaren.

»… oder Holzkohle, das hilft auch«, ergänzt eine andere und knöpft den Mantel zu.

Dann trete ich einen Schritt nach vorn.

»Die Bäume wurden schon gefällt«, sage ich.

Eine der Frauen blinzelt. Sie scheint einen Moment zu zögern.

»Ich fülle es immer in einen alten Nylonstrumpf …«, sagt sie etwas mühsam.

»… Und binde ihn zu …«

»Da links ist ein Pissoir«, sage ich, in die Runde blickend.

»Aber die Tür muss einen Spalt aufbleiben«, tönt es aus der Gruppe.

»Im Winter bei Frost ist es auf der Brücke arg glatt«, sage ich.

In der Gruppe ist die Unruhe spürbar. Sie rücken enger zusammen, als wollten sie mich ausschließen. Die Frau, die ihren Mantel zugeknöpft hat, knöpft ihn langsam wieder auf.

»Manchmal reicht das nicht. Manchmal reicht das nicht …«, sagt eine Frau zögernd.

» … dann helfen nur trockene, alte Klinker …«, füge ich hinzu.

Ich sehe, wie sich das dunkelhaarige Mädchen biegt vor Lachen, wie die Frauen stets mehr in Verwirrung geraten. Mir kommen Zweifel.

»… verträgt sich auch gut mit Holz … äh … Streu …?«, sagt eine mit unsicherer Stimme. Sie sieht, dass die anderen aufhorchen, merkt, dass etwas nicht stimmt. »Katzen …, Katzen …«, kommt dann noch. Es gleicht einem hilflosen Gestammel.

»Die Gracht wird demnächst zugeschüttet, wegen der neuen Metro«, sage ich.

Doch während ich es sage, tut mir das Verwirrspiel auch schon leid.

Ich drehe mich um, gebe dem Mädchen ein Zeichen, dass ich gehen möchte, dass es nicht gut ist, was ich da mache.

Unwillig, noch glucksend vor Lachen, geht sie mit mir

ein paar Schritte, bis wir außer Hörweite sind. Dort bleiben wir stehen und schauen uns um.

Offensichtlich reden die Frauen nun alle durcheinander. Die eine knöpft ihren Mantel wieder zu, die andere stellt ihre Einkaufstasche ab, nimmt sie gleich wieder an sich, stellt sie wieder hin.

Was habe ich getan?

Ich habe eine Ordnung gestört, aus lauter Jux und Tollerei. Kriegen sie die wieder hin? Werden sie eine neue Ordnung finden? Kann ich ihnen dabei helfen?

Ich blicke um mich, suche das Mädchen. Sie ist fort.

Vielleicht ist das sogar gut. Denn die Chemie zwischen uns ist gefährlich geworden. Ihre Verspieltheit und Energie haben sich mit meiner Wut zu etwas Destruktivem vermischt. Warum ist sie kein Zombie geworden? Sie spricht nicht, und all die schweigenden Menschen hier sind doch mehr oder weniger leer, willenlos? Warum ist sie dann so lebendig? Hat das etwas mit mir zu tun? Ich erinnere mich an unseren ersten Blickkontakt: Sie war die Einzige, die mich wirklich *gesehen* hat. Und da war sie schon drei Jahre hier. Hat sie die ganze Zeit auf jemanden wie mich gewartet?

Sie kommt auf mich zu, trägt etwas unterm Arm. Es ist eine Handtasche, *die* Handtasche! Sie hat sie der Frau mit der Handtasche weggenommen.

Sie lacht triumphierend, will sie mir zuwerfen, wie Kinder in der Schule eine Mütze von Hand zu Hand werfen. Aber ich schüttle den Kopf: Das geht nicht, die Tasche muss sofort zurück.

Resolut nehme ich ihr die Tasche weg und begebe mich auf die Suche nach der Frau. Zunächst kann ich sie nirgendwo entdecken, finde sie dann endlich doch, zwei Säle weiter. Verloren, fast nackt steht sie dort zwischen den anderen Menschen, schaut mit leerem Blick um sich herum. Als habe sie jemand geohrfeigt, ihr die Kleider ausgezogen, und sie verstünde nicht, weshalb.

Ich gehe zu ihr hin, stammle eine Entschuldigung und gebe ihr die Tasche zurück.

Sie nimmt sie in beide Hände, betrachtet sie – zögernd, als wolle sie prüfen, ob es auch wirklich ihre Tasche ist.

Dann, endlich, drückt sie die Tasche an sich, wie sie es immer tut.

Als sie noch einmal aufschaut, sagt mir ihr Blick, dass sie mich schon nicht mehr wiedererkennt.

Ich gehe zu dem Mädchen zurück, schüttle den Kopf. Sie sieht mich an wie ein junger Hund, der spielen möchte und nicht begreift, warum er das auf einmal nicht mehr darf. Aber ich bleibe stur, bis sie sich umdreht und wegläuft. Dann setze ich mich auf ein Sofa an der Wand. Ich empfinde Scham, fühle mich müde und habe eine seltsame Wut im Bauch. Wut auf das, was sich »unten« abspielt, Wut über meine Ohnmacht, Wut auf die Welt hier mit den Zombies und deren wesenlosem Geschlurfe.

Es muss etwas geschehen. Was, weiß ich noch nicht, aber so kann es nicht weitergehen …

25

Eines Morgens hockt Mark vor dem Schrank im Flur. Er schiebt einige zusammengefaltete Decken zur Seite, kramt wie wild in einem Stapel alter Schuhe. Er macht ganz schön Krach und merkt nicht, dass Sylvia schon eine Weile hinter ihm steht.

»Was suchst du?«

»Nix.«

»Doch, du suchst etwas.«

»Geht dich nix an.«

»Soll ich es dir sagen?«

Er schaut sie an.

»Du suchst den Karton mit den Sachen …«

Von deiner Mutter, wollte sie dazu sagen, tut es aber nicht. Sie geht mit ihren Worten vorsichtig um.

Mark ist überrascht, versucht jedoch, es sich nicht anmerken zu lassen. »Was weißt du davon?«

»Ich habe den Karton hier mal gesehen …«

»Und …?«

»Und dann habe ich …« Sylvia merkt, dass sie so nicht

weiterkommt. Sie geht neben Mark in die Hocke, möchte Vertrautheit schaffen. »Mark, ich denke, es ist besser, wenn du …«

»Und dann hast du sie weggeworfen, in den Mülleimer geschmissen. Die Sachen von meiner Mutter! Stimmt's?«

Er ist aufgestanden. Seine tränennassen Augen sprühen Feuer. Fast sieht es aus, als wolle er sie schlagen. Sylvia hebt abwehrend den Arm.

»Ich habe sie nicht weggeworfen!«

Auch sie steht auf, lässt den Arm sinken.

»Das würde ich nie tun. Aber es schien mir besser, sie an einem anderen Ort aufzubewahren, weil …«

»Wo?«

»Hör mir doch zu. Ich möchte mit dir reden.«

»Wo sind sie? Du hast nicht das Recht …«

Er rennt ins Schlafzimmer von Gerard und Sylvia, durchwühlt wütend Schränke und Kommoden. Sylvia geht ihm nach.

»Mark, jetzt hör mal. Es geht nicht um die Kleider, ich wüsste nur gern, was …«

Schubladen mit Unterwäsche fliegen mit lautem Gepolter durchs Zimmer. Ein Nachtkästchen wird leergeräumt und umgeworfen.

Sylvia holt tief Luft. »Hör auf!!! Und hör mir zu …!«

Endlich reagiert er. Ihre Stimme zittert.

»Ich habe mal gesehen … zufällig … wie du nachts … wie du nachts vor dem Schrank gehockt bist. Das macht nichts, das soll kein Vorwurf sein. Aber ich wüsste so gern … ich möchte mit dir darüber sprechen …«

Mark hat atemlos zugehört. Es dauert eine Weile, bis er sich wieder gefangen hat. Dann schüttelt er den Kopf. »Ich nicht.« Er geht an ihr vorbei aus dem Zimmer.

Sylvia schaut ihm nach, hört die Tür seines Zimmers zuschlagen. Plötzlich sieht sie Astrid in der Türöffnung, die erstaunt die Verwüstung in Augenschein nimmt und sie fragend anguckt.

Sylvia sieht Astrid mit dem gleichen nichtbegreifenden Blick an.

Mark bleibt den ganzen Tag in seinem Zimmer, und Sylvia unternimmt keinen Versuch, ihn herauszuholen. Ich verstehe beide: Der Konflikt kann nicht ohne weiteres gelöst werden. Ich hätte Mark gern gesagt, dass er es richtig gemacht hat. Doch ich kann nichts für ihn tun, höchstens herausfinden, wo sie meine Sachen versteckt hat. Sylvia beruhigt erst einmal Astrid und streicht ihr ein paar Brote. Anschließend räumt sie mit langsamen Bewegungen das Schlafzimmer auf. Als sie fertig ist, schließt sie die Tür ab und schiebt einen Stuhl an den Schrank. Sie klettert hinauf und zieht, wie von mir nicht anders erwartet, den Karton hervor, den sie auf dem Schrank versteckt hatte.

Sie betrachtet mein blutbeflecktes T-Shirt, die Jacke, die zerrissene Jeans. Mit forschendem Blick, als versuche sie in diesen Kleidungsstücken das Geheimnis zu finden, das Mark darin sucht. Darüber hätte sie gern mit ihm gesprochen. Aber von meiner Seite aus gibt es kein Geheimnis. Diese Sachen sind das Letzte, das Einzige, was von mir noch übrig ist. Die darf er ja wohl in Ehren halten. Soll er sich dafür etwa rechtfertigen? Muss man ihm die unbedingt wegnehmen, als sei es eine schlimme Sucht, von der er geheilt werden muss? Woher nimmt sie diesen Mut!

Beim Abendessen sitzt Mark schweigend am Tisch, und sogar Astrid ist ungewöhnlich ruhig. Gerard versteht nicht, was los ist, merkt, dass irgendetwas nicht stimmt, bekommt aber keine klare Antwort. Ich spüre Sylvias inneren Zwiespalt: Soll sie es ihm sagen?

Als die Kinder im Bett sind, hält sie es nicht mehr aus. Sie erzählt, was sie gesehen hat, dass sie vergeblich versucht habe, mit Mark darüber zu reden.

Gerard denkt lange nach. »Meinst du, ich habe alles zu früh weggeworfen?«

Sie zuckt die Achseln: Vielleicht.

»Es kam einfach so. Du warst immer öfter bei uns und ... ich fand es verwirrend. Ich dachte, es kommt doch nicht auf die Klamotten an – wir müssen ihr doch keinen Altar bauen?«

»Hast du mit den Kindern jemals darüber gesprochen?«

Eine gute Frage. Er schüttelt den Kopf. »Astrid macht sich darüber kaum Gedanken, glaube ich. Nur Mark nölt wegen ihres Fahrrads und ihres Namensschildes und ...«

»Das nennst du nölen?«

»Was hätte ich denn sonst tun sollen? Ihre Kleider auf einen Haufen werfen und sagen: ›Sucht euch was aus? Hier, für dich ein paar Socken, für dich einen Pulli ...‹«

Ich höre ihnen in einer Ecke des Zimmers zu, nicht zu nah bei Noortje, und Gerards Art zu argumentieren kommt mir sehr bekannt vor. Zum Glück lässt sich Sylvia nicht darauf ein.

»Es geht doch nicht nur um ihre Kleider. Mark hat jetzt überhaupt nichts mehr – er ist arm dran, finde ich.«

Gerard schweigt, seufzt. Dann schaut er sie an. »Was will er denn, deiner Meinung nach?«

»Er will seine Mutter wiederhaben.«

Die Antwort kommt ganz spontan, ohne Zögern. Damit trifft sie ins Schwarze, Sylvia steigt in meiner Achtung. Gerard lässt ihre Worte auf sich einwirken, starrt mit gerunzelter Stirn vor sich hin. Sylvia ist noch nicht fertig.

»Und ich frage mich auch manchmal, ob ich ihren Platz je einnehmen kann …«

Sie sagt es ruhig, doch Gerard erschrickt.

»Wie meinst du das?«

Sie sieht ihn an. »Ich bin nun schon ein Jahr bei euch und Mark noch keinen Schritt nähergekommen. Da kannst du noch so oft sagen: ›Das braucht Zeit‹, aber ich weiß nicht, ob ich die Geduld aufbringen kann – ob ich überhaupt dazu bereit bin.«

Sie nimmt ein paar Sachen vom Tisch, steht auf, um ins Bett zu gehen. Ich bleibe bei Gerard, sehe seine Verwirrung.

26

O Gott, etwas ganz Schlimmes ist passiert, etwas, was ich nicht steuern kann. Ist es endgültig, sind es die ersten Anzeichen von etwas? Etwas Unumkehrbarem? Ich wage nicht daran zu denken. Kann ich überhaupt noch denken, oder ist auch mein Denkvermögen angegriffen? Ich muss ruhig bleiben, keine Panik. Ruhig. Was ist geschehen? Wo hat es angefangen?

Ich ging zu David, auf Socken. An den schwatzenden Männern vorbei, den tanzenden Mädchen, der Frau mit dem Baby. Ich wollte ihm von zu Hause erzählen, vom Streicheln der Katze, von Mark und meinen blutbefleckten Kleidern. Eigentlich wollte ich ihn um Rat fragen, hatte aber von vornherein keine allzu großen Erwartungen. Hauptsache, ich konnte alles bei ihm loswerden.

Ich fand ihn an der gleichen Stelle, auf seinem Sofa an die Wand gelehnt. Ich weiß noch, dass ich sagte: »Ist das jetzt alles? Hast du wirklich nichts anderes zu tun als die ganze Zeit … Die ganze Zeit … Die ganze …«

Da stockte sie. Meine Stimme. Ich presste die Luft heraus, aber es kam kein Ton. Ich war nicht gleich erschrocken. Ich hatte so etwas früher auch mal gehabt, bei einer Erkältung, dass ich heiser wurde. Aber da spürte ich meistens etwas im Rachen. Das spürte ich jetzt nicht.

Ich hustete, räusperte mich, doch das half nichts. Ich konnte nur noch flüstern. Ich hauchte in Davids Ohr: »Was ist das?«

Er reagierte nicht gleich, und das störte mich. Also nahm ich ihn bei den Schultern, schüttelte ihn und lispelte ihm wieder ins Ohr: »Was ist das? Sag es mir, verdammt noch mal! Ist es das, was dir passiert ist? Passiert das allen hier?«

Er sah mich an, schüttelte den Kopf.

»Was? Nicht allen? Aber wem dann? Warum mir?«

Er machte eine Geste, die ausdrücken sollte: Es ist nicht sicher, es ist alles noch offen. Dann schien es, als wolle er nicht weiter darüber sprechen. Aber ich akzeptierte es nicht. Also schüttelte ich ihn erneut, holte tief Luft.

Und dann geschah etwas Merkwürdiges: Meine Stimme kam langsam zurück. Es kamen wieder Töne, anfangs ganz leise. Ich erschrak fast darüber, aber ich dachte: Ich muss es nutzen, solange es noch möglich ist. Deshalb sagte ich vorsichtig: »Einige verlieren also die Stimme, andere nicht?«

Er nickte.

»Aber wer dann, und wer nicht? Und warum?«

Er zögerte, blickte um sich herum. Dann nahm er

meinen Arm und deutete. Er zeigte auf das Männergrüppchen, das sich leise unterhielt, dann auf die tanzenden Mädchen. Ich folgte seinem Blick.

»Die Männer unterhalten sich, die Mädchen schweigen ...«

Er nickte. Zeigte auf eine kleine Gruppe vor einem der Monitore. Sie führten sichtbar ein Gespräch miteinander, vermutlich über etwas, was sie auf dem Bildschirm sahen. Dann wies er auf die Mutter mit dem Baby im Arm.

»Die Leute sprechen, die Mutter schweigt ...«

Wieder nickte er, diesmal mit einem anerkennenden Lächeln, dass ich es langsam begriffen hätte. Das Schulmeisterhafte ärgerte mich.

»Aber warum? Warum sprichst du nicht mehr?«

Eine gute Frage – darauf hatte er keine Antwort parat. Er zögerte eine Weile, sah mich an mit einem Blick, als überlege er, wie, und ob er es mir überhaupt erzählen sollte.

Ich drängelte. »Mach schon. Sag es mir.«

Nach langem Schweigen kramte er quälend langsam etwas aus seiner Tasche hervor. Ein Feuerzeug, so ein schmales, altmodisches Ding mit einem Klappdeckel gegen den Wind. Er knipste es an, aber es kam keine Flamme.

Ich warf einen ärgerlichen Blick darauf. Was soll das nun bedeuten? Muss ich jetzt auch noch Rätsel lösen?

David steckte das Feuerzeug wieder ein, schaute mich an. Sein Mund formte lautlos einige Wörter.

»Was? Was sagst du?«

Ich sah auf seine Lippen, ganz nah an meinen, und fast konnte ich es hören.

Warte. Es kommt.

»Warte. Es kommt …?«

Er nickte.

»Was kommt?«

Er schüttelte den Kopf: nicht weiterfragen. Und wie um meiner Verstimmung zuvorzukommen, stand er auf, nahm mich in die Arme und drückte mich an sich. Auch ich schlang die Arme um ihn, und ganz kurz erinnerte ich mich an frühere Umarmungen. Damals, in der Bahnhofsgaststätte, hatten wir uns nicht umarmt – darüber habe ich später noch nachgedacht. Da konnte ich nicht wissen, dass es ein Abschied für immer war. Was war es jetzt?

Als wollte er mich von meinen Gedanken ablenken, nahm er meine Hand und machte langsame Tanzschritte. Ich folgte ihm automatisch und spürte wieder, wie leicht das ging. Mühelos schwebten wir zwischen den anderen dahin.

So hatte es damals mit uns angefangen. Wir saßen beim Essen in einem vornehmen Restaurant, und plötzlich stand er einfach auf, nahm meine Hand und tanzte mit mir. Ganz gelassen, elegant und sicher bewegten wir uns zwischen den Tischen und den tafelnden Menschen. Niemand störte sich daran, die Kellner gingen lächelnd um uns herum, als sei es die normalste Sache der Welt. Da war es um mich geschehen. Das hatte noch nie ein Mann mit mir gemacht, mit so jemandem wollte ich alt werden.

Aber alt geworden bin ich nicht. David auch nicht. Und nun tanzen wir hier wieder. »Warte. Es kommt.« Warten worauf? Das dunkelhaarige Mädchen sprach auch nicht. Auch sie hat mit mir getanzt, auf dem Betonrand. Was hatte das alles zu bedeuten?

Nein, nicht daran denken, nicht jetzt. Für ein Weilchen alles vergessen. Nur dieser Moment.

So, in Davids Armen, versuchte ich meine bangen Vorahnungen tanzend loszuwerden.

27

Kurz darauf gehe ich in mein Zimmer zurück, setze mich vor den Bildschirm. Astrid ist schon im Bett, Gerard sitzt in seiner Arbeitsecke, Sylvia hat es sich mit einem Buch, es ist immer noch das von Kluun, irgendwo bequem gemacht. Ich denke an David, daran, wie das Leben mit ihm gewesen wäre, wenn er nicht … Dann säße ich jetzt nicht hier, dann wäre alles anders gewesen. Nun aber wohnen sie in diesem Haus, als hätte es mich nie gegeben, als wären sie da immer schon gewesen, als wäre es die normalste Sache der Welt.

Ich fühle, wie ich die beiden hasse, so sehr, wie ich noch nie jemanden gehasst habe.

Ich sehe Mark hingefläzt vor dem Fernseher, höre, wie Gerard zu ihm sagt, er müsse jetzt ins Bett.

Mark reagiert nicht, bleibt sitzen.

Sylvia legt ihr Buch hin. »Komm, Mark. Es ist schon nach zehn. Morgen ist auch noch ein Tag.« Sie versucht fröhlich und sorglos zu klingen, schaltet unterdessen den Fernseher aus.

Mark ignoriert sie und schaltet die Kiste wieder an.

Sylvia erschrickt über seine Entschlossenheit.

»Mark …«

»Verpiss dich. Lass mich in Ruhe.«

Gerard blickt in seiner Arbeitsecke auf. »Was hast du da gesagt?«

»Sie soll sich verpissen.«

Gerard steht auf. Seine Beherrschtheit lässt nichts Gutes ahnen. Mit einer raschen Bewegung schaltet er den Fernseher aus.

»So sprichst du nicht mit … deiner Mutter. Und jetzt ab ins Bett.«

Gerard sagt es zögernd. Offenbar fiel ihm so schnell kein anderes Wort ein. Mark macht ein Gesicht, als habe er eine Ohrfeige bekommen. »Meine Mutter …?« Seine Augen sprühen Feuer. »Meine Mutter? Das wäre sie wohl gern. Ich habe nur eine Mutter, und die ist tot. Die hast du totgefahren, weil ihr euch gestritten habt …«

Das hat sich offenbar in seinem Kopf festgesetzt, das musste einmal raus.

»Ein Unfall, dass ich nicht lache! Du hast Mama nicht geliebt, und deshalb musste sie verschwinden. Um Platz zu machen für diese, diese …«

Er bekommt ihren Namen nicht über die Lippen, ist einen Moment sprachlos, rennt dann direkt an mir vorbei – ich stehe in der Türöffnung – aus dem Zimmer und die Treppe hoch. Astrid, die vom Geschrei aufgewacht ist und oben an der Treppe steht, schaut ihm nach. Seine Zimmertür knallt zu. Dann ist es still.

Ich bin stolz auf ihn, und plötzlich ist mir klar: Das war meine Wut. Ich habe durch ihn geschrien, und von mir aus hätte er auch noch alles kurz und klein schlagen können.

Ich gehe in sein Zimmer. Er liegt auf dem Bauch in seinem Bett. Er hat alles gesagt, die Wut aller auf sich gezogen, und nun ist er allein. Ich fühle, was er fühlt, und wie gern würde ich ihn trösten. Aber ich bin nicht da, nicht wirklich.

Draußen auf dem Flur höre ich Astrid leise weinen und Sylvias Stimme, die beruhigend auf sie einredet. Sie solle lieb sein und schlafen, alles werde wieder gut. Mark sei ein bisschen durcheinander, aber das ginge schon wieder vorbei.

Sie bringt Astrid ins Bett, deckt sie zu und geht wieder hinunter. Im Wohnzimmer schenkt sich Gerard einen Whisky ein. Er macht eine fragende Geste, aber sie möchte keinen.

»Solltest du nicht mal kurz zu ihm gehen?«

»Zu Mark?« Er schüttelt den Kopf. »Soll ich mich etwa bei ihm entschuldigen?«

Sylvia betrachtet mit gemischten Gefühlen seinen Rücken. »Du begreifst es nicht, wie?«

»Was nicht?«

»Da liegt ganz schön viel im Argen, und das hat nicht nur mit mir zu tun.«

Er schaut sie an.

»Mark glaubt nicht, dass es ein Unfall war.«

»Ja, und das ist lächerlich – das weiß er auch ganz genau. Sie hat auf mich eingeschlagen, und …«

»Ja …?«

Sylvia sieht ihn forschend an.

»Was ja?«

»Warum hat sie auf dich eingeschlagen?«

Gerard trinkt einen Schluck und seufzt, er kramt ungern in seinem Gedächtnis. »Wir hatten den ganzen Abend schon Streit. Sie sagte, dass sie mich verlassen wolle. Und dann sagte ich, sie solle tun, was sie nicht lassen könne, aber dass sie die Finger von den Kindern lassen solle. Oder so ähnlich.«

»Und dann hat sie dich geschlagen?«

»Ja. Aber warum fragst du? Ist das ein Verhör?«

Sylvia macht eine abwehrende Geste. Gibt ihm zu erkennen, dass sie auch einen Whisky möchte. Gerard schenkt ihr ein. Sie nimmt das Glas, in Gedanken versunken.

»Ich habe dich an diesem Abend angerufen. Das hätte ich nicht tun dürfen.«

»Aber …«

»Nein, das war nicht richtig. Ich habe mich beschissen und einsam gefühlt – mich nach dir gesehnt. Aber das ist keine Entschuldigung.«

»Sie hat nichts gemerkt.«

»Ich glaube schon. Du hast mich später zurückgerufen – das hättest du auch nicht tun dürfen.«

»Das hat doch alles nichts damit zu tun.«

Sie sieht ihn an. »Weißt du, was du richtig gut kannst? Abstreiten, leugnen.«

Damit hat sie ihn getroffen – ich sehe, wie er erschrickt.

»Und die ganze Zeit tust du nichts, um den Konflikt zu lösen, um unser Zusammenleben zu verbessern …«

Er möchte etwas sagen, doch sie bedeutet ihm mit einer Geste zu schweigen.

»Ich mühe mich ab, um Mark zu helfen, Astrid zu trösten. Ich versuche, eine Beziehung zu ihnen aufzubauen und du machst gar nichts. Du kannst nur schimpfen und verbieten, und die Schwerarbeit überlässt du mir. Das mach ich nicht mehr mit.«

Sie stellt das Glas hin, geht aus dem Zimmer. In der Türöffnung, direkt neben mir, dreht sie sich um.

»Übrigens, heute will ich allein schlafen – sieh zu, wo du bleibst.«

Und weg ist sie.

Gerard trinkt sein Glas aus, schenkt sich noch einen Whisky ein, starrt nachdenklich aus dem Fenster. Es scheint, als habe er den Ernst der Situation immer noch nicht richtig erfasst. Ich kenne diese Haltung, und ganz kurz tut er mir leid. Was, wenn er nach mir auch Sylvia verliert?

Aber ich schüttle dieses Gefühl gleich von mir ab.

28

In den darauffolgenden Tagen wird es unten Herbst. Eines Nachmittags, auf der Bank in den Dünen, wo ich jetzt ab und an hingehe, um allein zu sein, sehe ich, wie sich der Sommer vor meinen Augen verabschiedet. Eben wird der Sand noch von der Sonne gewärmt – im nächsten Moment fällt ein Schatten über das ganze Land. Die Kiefern hinter mir fangen an zu rauschen, der Sand wird in kleinen Wölkchen aufgewirbelt, und das Meer in der Ferne bekommt Schaumkronen. Ich nehme das alles zur Kenntnis, empfinde es aber nicht wirklich. Früher war ich beeindruckt, wenn die Natur ihr Gesicht gezeigt hat, doch nun hängt sozusagen ein Vorhang dazwischen. Ich kann noch tausendmal sehen, wie es Herbst wird, werde jedoch nie mehr den feuchten Duft der Kiefernnadeln riechen. Was interessiert mich der Wind, wenn ich ihn nicht wirklich spüre? Es kommt mir so sinnlos vor.

Zu Hause scheint Waffenruhe eingekehrt zu sein. Mark und Sylvia gehen sich möglichst aus dem Weg, reden nur das Nötigste miteinander. Mark beobachtet sie mitunter aus den Augenwinkeln, Sylvia hingegen versucht, sich normal zu verhalten. Aber es ist nicht leicht für sie, denn Gerard unterstützt sie in keiner Weise. Sie schlafen zwar wieder in einem Bett, berühren sich jedoch kaum. Gerard glaubt offenbar, dass sich alles von selbst wieder einrenkt, wenn er sie in Ruhe lässt und abwartet. Ich kenne das – aber er wird damit nicht davonkommen.

Nur Astrid geht anscheinend sorglos durchs Leben. Sie hat Sylvia ins Herz geschlossen, lässt sie an allem teilhaben und quasselt mit ihr bis zum Gehtnichtmehr. Für Sylvia ist das ein großer Trost und vielleicht der einzige Grund, weshalb sie noch nicht aufgegeben hat.

Ich mache mir Sorgen um meine Stimme. Ab und zu probiere ich sie kurz aus, aber das kann mich nicht beruhigen. War das Stocken eine Warnung, ein Vorzeichen? Doch wovor, wofür? Was kann ich selbst dafür tun? David hat sie mir gezeigt: die sprechen, die haben ihre Stimme, jene nicht. Aber warum? Und dann das Feuerzeug, was soll ich damit?

Ich habe das Gefühl, dass David ein Spiel mit mir spielt. Typisch David. Um wirklich klug daraus zu werden, müsste ich jemand anderen fragen. Vielleicht das dunkelhaarige Mädchen. Sie schweigt auch, aber sie wird wahrscheinlich ehrlicher sein, direkter.

Also durchquere ich die Säle, bis dahin, wo ich sie meistens finde, an Romeo und Julia vorbei, an der Frau mit der Handtasche. Ich entdecke sie nirgends, setze mich auf ein Sofa und warte.

Hier saß ich einmal bei meiner ersten Wanderung durch die Säle. Da hatte ich noch meine zu kleinen Schuhe an. Und ich war in dem inneren Zwiespalt, ob ich das Angebot des Mannes im Kittel akzeptieren sollte – mich in dem kleinen Zimmer einzuschließen und »hinunterzuschauen« – oder lieber darauf zu verzichten. Was, wenn ich es nicht getan hätte? Dann wäre ich die ganze Zeit hier herumgelaufen, ohne zu wissen, wie es Gerard und Mark und Astrid geht. Ist es das? Behalten die Unwissenden ihre Stimme? Nein, denn sonst könnte ich auch nicht sprechen.

Plötzlich kommt mir ein Gedanke, eine Erinnerung in den Sinn. Als Gerard mich kennenlernte, rauchte er noch und hatte genau so ein Feuerzeug, so ein Ding mit einem Klappdeckel gegen den Wind. Die »merkwürdige Begegnung«, von der er damals gesprochen hatte –, was war das? Er hat nie viele Worte darüber verloren, es sollte geheimnisvoll bleiben, ein bisschen magisch, als wäre es eine göttliche Eingebung. Aber es muss in der Nähe der Kneipe gewesen sein, in der ich arbeitete. Er war lange nicht da gewesen, hörte, mir sei gekündigt worden und es ginge mir schlecht.

Angenommen, er kommt auf dem Nachhauseweg jemandem entgegen, der ihn um Feuer bittet. Er gibt ihm sein Feuerzeug, und während sich dieser Mann die Zigarette anzündet, sagt er etwas wie: »Kennen Sie Laura de Zeeuw?« – »Ja«, sagt Gerard, »ich komme gerade aus der Kneipe, in der sie gearbeitet hat. Wieso?« – »Gehen Sie schnell zu ihr«, sagt der andere. »Es geht ihr nicht gut, sie braucht Hilfe.«

Gerard schaut sich diesen Mann genauer an. Vielleicht überlegt er: Woher weiß er das? Und warum geht er nicht selber hin? Aber irgendwie sind die Worte und der Blick dieses Mannes so eindringlich und überzeugend, dass er nicht länger nachdenkt und zu meiner Wohnung eilt.

Dieser Andere hat nun Gerards Feuerzeug – Gerard hatte in der Eile vergessen, es zurückzuverlangen. Er steht auf der kleinen Brücke über die Gracht und schaut Gerard nach. Die Gracht, wo die Bäume gefällt wurden, die Brücke, auf der es im Winter bei Frost sehr glatt ist. Angenommen, sie sind sich damals dort begegnet; angenommen, David hat Gerard zu mir geschickt.

Woher wusste er, dass es mir schlechtging? Natürlich – er konnte mich sehen! Er sah mich im Bett liegen, voll mit Tabletten und Alkohol. Er erkannte, dass ich Hilfe brauchte, dass ich sonst nicht überleben würde. Doch er konnte nichts tun, denn er war damals schon tot …

So sitze ich in Gedanken versunken, als ein Schatten über mich fällt. Jemand ergreift meine Hand, steckt etwas hinein und geht eilends weiter. Ich schaue, was es ist: ein Schlüssel. Meine Augen suchen die Person, die ihn mir gebracht hat, aber die ist bereits zwischen den anderen verschwunden. Ich beobachte die Menschen um mich herum. Hat jemand etwas gemerkt? Offensichtlich nicht.

Ist es mein eigener Schlüssel, habe ich ihn vielleicht verloren? Nein, der steckt noch in der Tasche meiner Trainingshose. Von wem mag er sein?

Und dann weiß ich es: Er kommt von dem dunkelhaarigen Mädchen. Sie hat jemanden gebeten, mir diesen Schlüssel zu geben. Sie hat mich demjenigen beschrieben, und diese Mittelsperson sah mich hier sitzen. Es war jemand, der nicht erkannt werden wollte.

Aber warum? Wo ist das Mädchen? Warum kann sie nicht selber kommen? Und was soll ich mit diesem Schlüssel?

Ich erinnere mich an die kleine Tür hinter dem Monitor, durch die sie damals gegangen war. Und später die andere Tür, am Ende eines seitlichen Korridors. Wohin will sie mich schicken? Zu der Nische mit dem grellen Licht, wo wir damals der Musik gelauscht und meinen Geburtstag gefeiert haben? Oder zu der großen, kalten Lagerhalle? Zu dem Betonrand …

Das Erste würde ich wollen, das Zweite sagt mir meine Intuition. Mittlerweile bin ich aufgestanden und weitergelaufen. Dieser Gang war irgendwo rechts, am Ende eines Saales. Möchte sie wirklich, dass ich dorthin gehe? Wartet sie da auf mich? Ich erkenne den Gang wieder, und ehe es mir bewusst ist, bin ich um die Ecke gebogen, unbemerkt von den anderen.

Ich gehe zu der Tür, stecke den Schlüssel ins Schloss. Er passt.

Dann ist es wie in einem Traum. So, wie ich ihr damals durch das Labyrinth von Gängen gefolgt bin, finde ich nun allein den Weg, als führte mich eine unsichtbare Hand. Ohne zu zögern gehe ich durch Türen und Gänge, auch diesmal ohne jemandem zu begegnen – bis zu der schweren Stahltür.

Dahinter befindet sich die große Lagerhalle. Und in der Halle die kleine Tür nach draußen, zu dem schmalen Betonsims. Ob sie da auf mich wartet? Aber warum?

Ich öffne die Tür und blicke in den Raum. Dort steht nun eine ganze Reihe von Gestellen mit Pappkartons, sie bilden eine Wand, hinter der ich mich leicht verstecken kann. Ich gehe hinein, schließe vorsichtig die Tür, hocke mich hinter die Kartons. In der Ferne das leise Dröhnen des Wägelchens – direkt vor mir stehen die Kartons mit Videokassetten, Tausende davon, soweit das Auge reicht.

Ich blicke zur Seite auf die kleine Tür, schöpfe Mut für die letzte Etappe. Doch in dem Moment, als ich weitergehen will, packt mich eine Hand am Handgelenk. Vor Schreck gelähmt sehe ich, wie diese Hand aus dem Gestell mit den Kartons hervorkommt. Ich sehe zwei Augen, und erst dann reicht mein Atem für einen dumpfen, heiseren Schrei. Die Hand packt mich fester, zieht mich zu sich hin. Ein Finger macht eine beschwörende Geste, die »psst« bedeuten soll, und nun erkenne ich, dass es das dunkelhaarige Mädchen ist. Sie ist von den Kartons eingeschlossen, fast nicht zu sehen.

Hat sie sich dort versteckt? Ist sie freiwillig an diesen Ort gekommen? Mir bleibt keine Zeit zum Nachdenken, denn sie zieht mich wieder zu sich hin. Wegen der Kartons kann sie den Kopf kaum bewegen, aber sie will mir etwas erklären. Mit der freien Hand zieht sie sich mit großer Mühe etwas vom Kopf, eine Mütze, und im selben Moment ist mir klar, was sie möchte. Ich zwänge meinen rechten Arm zwischen die Kartons und streichle ihr das Haar, so gut es eben geht. Ihr Gesicht entspannt sich sofort, sie schenkt mir ein dankbares Lächeln.

Während ich sie streichle, wird mir vage bewusst, was geschehen wird. Ich möchte nicht daran denken, konzentriere mich auf das Streicheln ihrer Haare. Doch dann wird aus der Ferne das leichte Brummen eines Wägelchens vernehmbar, das langsam auf uns zukommt. Auch das Mädchen hört es. Sie drückt meinen Arm, den sie noch immer festhält, winkt mich näher heran. Ich zwänge den Kopf zwischen die Kartons und küsse sie, lange und innig, bis das Motorengeräusch ganz nah ist. Dann stößt sie mich weg. Ich gehe schnell einen Schritt zur Seite, verstecke mich hinter den anderen Gestellen. Von da aus beobachte ich, wie das Gestell mit dem Mädchen darin hochgehoben wird. Ein Zipfel ihres schwarzen Samtkleides guckt zwischen den Kartons hervor und weht kurz hoch, während sie weggefahren wird.

Was nun? Soll ich zurückgehen? Das kann ich nicht. Ich muss alles mit anschauen, bis zum bitteren Ende. Also gehe ich geduckt an der Wand aus Kartons entlang zu der kleinen Tür, atme tief ein, drücke sie auf und schlüpfe hastig hindurch. Ich spüre sofort den kühlen Luftstrom und muss die Tür festhalten, damit sie nicht mit lautem Knall zuschlägt.

Mit dem Rücken an der Wand bleibe ich auf dem schmalen Betonsims stehen. Ich spüre den kühlen Wind auf meinem Gesicht und in meinen Haaren und höre vor allem dieses eine Geräusch: dieses leise Surren, dieses unheilvolle Brummen, wie von einer unsichtbaren Energiequelle.

Soll ich darauf zugehen? Damit ich es aus der Nähe besser sehen kann? Nein, ich traue mich nicht. Am liebsten würde ich wegrennen, aber in Wahrheit wage ich kaum, mich zu bewegen. Also halte ich den Atem an und warte.

Dann öffnet sich in der Ferne mit donnerndem Geräusch eine Schiebetür. Ein Lichtbündel fällt hindurch, und das Dröhnen der Wägelchen ist zu hören. Ich drücke meinen Rücken noch fester an die Wand und sehe, wie eins der Wägelchen mit dem großen Gestell voller Kartons hinausfährt und es genau am Rand absetzt. Das Wägelchen fährt etwas zurück, dann wieder nach vorn und schiebt das große, quadratische Ding in die Tiefe. Das klotzige Monstrum kippt langsam, rutscht über den Rand und verschwindet unmittelbar in der Finsternis.

Das Wägelchen fährt rückwärts in den Raum. Was übrig bleibt, ist eine Staubwolke in dem Lichtbündel. Dann schließt sich die große Schiebetür wieder, und es ist dunkel.

Ich möchte mich umdrehen und zurückgehen, fühle mich jedoch wie gelähmt. Für einen Augenblick löse ich mich von der Wand und merke mit Schrecken, dass ich keine Kontrolle mehr über meinen Körper habe. Gegen meinen Willen taumle ich an den Rand und blicke ein paar Sekunden in das aufgerissene Maul dieses großen, brummenden schwarzen Lochs. Ich spüre den Sog, als würde etwas an mir ziehen. Mit aller Kraft wehre ich mich dagegen – doch der Sog ist stärker. Mir wird schwindlig, ich schwanke. Mir wird schwarz vor Augen, und ich falle langsam vornüber …

Im selben Moment werde ich von zwei Händen an den Schultern genommen und höre hinter mir eine Stimme.

»Was machen Sie da?«

Die Hände ziehen mich hoch. Das Schwindelgefühl ist vorüber.

»Wie kommen Sie hierher? Hier dürfen Sie sich gar nicht aufhalten.«

Ich drehe mich um, es ist der Mann im Kittel. Wie ist es möglich, dass ich sein Kommen weder gesehen noch gehört habe? Ich schnaufe laut, und es dauert eine Weile, bis ich fähig bin, etwas zu sagen. Mit einer Geste bitte ich ihn um Entschuldigung, hole den Schlüssel heraus.

»Jemand hat mir diesen Schlüssel gegeben …« Meine Stimme zittert.

Der Mann streckt die Hand aus, nimmt den Schlüssel und betrachtet ihn. »Von wem haben Sie den?«

»Ich weiß es nicht. Er passte in diese Tür, und ich dachte …« Ich klinge demütig, wie ein ertappter Schüler.

Der Mann zögert. »Ich muss Sie zurückbringen, es ist nicht gut, dass Sie hier einfach so herumlaufen.«

Er steckt den Schlüssel ein, öffnet die kleine Tür und lässt mich vorgehen. Als wir an die Wand aus Kartons kommen, sehe ich die freie Stelle. Nur noch ein paar Holzsplitter und Kartonstücke liegen da. Ich nehme es aus den Augenwinkeln wahr, während der Mann vor mir durch die große Stahltür geht.

»Sie haben keine Ahnung, von wem der Schlüssel stammt?«

»Nein.«

»Waren Sie vorher schon einmal hier?«

»Äh ... nein.«

Ich gehe wie betäubt hinter ihm durch die langen Gänge und hasse mich, weil ich den blöden Mann belügen muss. Etwa auf halbem Wege bedeutet er mir, einen Augenblick zu warten. Er öffnet eine Tür, steckt den Kopf hinein und fragt etwas.

Ich höre vage Stimmen, kann nichts verstehen, und während ich warte, merke ich, dass ich noch am ganzen Körper zittere und eine Gänsehaut habe. Die Bilder kommen zurück: die Augen des Mädchens, eingeklemmt zwischen den ganzen Kartons, ihr Blick, als ich ihr das Haar streichelte. Und das langsame Kippen von diesem großen, quadratischen Monstrum über den Rand. Wollte sie, dass ich es sehe? Oder wollte sie mich noch einmal treffen, um Abschied zu nehmen? Ich merke, wie wichtig sie hier oben für mich war. Sie war mir sogar mehr lieb als David. Aber offensichtlich wollte sie gehen. Erst warf sie das Polaroidfoto in die Tiefe, und nun sich selbst. So verschwindet alles um mich herum – jetzt habe ich niemanden mehr. Ich spüre, wie mir die Tränen kommen und weine lautlos.

Der Mann hat sein Gespräch gerade beendet. Er schließt die Tür, dreht sich um und sieht meine Tränen.

»Was haben Sie denn? Geht's einigermaßen?«

Ich schüttle den Kopf. So eine dumme Frage.

»Soll ich Sie …« Er zögert. »Wollen Sie in Ihr Zimmer?«

»Ich … Ich weiß nicht, was ich will. Ich möchte …«

Ich kann die Tränen nicht mehr zurückhalten und weine herzzerreißend. Der Mann legt zögernd und ungeschickt eine Hand auf meine Schulter. Er blickt um sich, offensichtlich in einem inneren Zwiespalt, führt mich dann mit sanftem Druck in einen Seitengang. Ich merke, dass er sich keinen Rat mit mir weiß, aber das kümmert mich nicht. Ich kann nur noch heulen.

Er öffnet eine Tür mit einem Schlüssel, macht Licht, geht vor mir hinein.

Ich setze mich auf einen Stuhl, bekomme ein Papiertaschentuch gereicht. Durch meine Tränen hindurch sehe ich das Muster eines Teppichs, das mir vage bekannt vorkommt. Ich wische die Tränen ab. Das Weinen lässt nach.

Als ich schließlich aufblicke, sehe ich ein kleines Zimmer mit einem Sofa, einem Bett und einem Schreibtisch.

Der Mann sitzt mir gegenüber auf seinem Bürostuhl und schaut mich an.

Ich nicke, versuche zu lächeln. »Danke schön.«

»Keine Ursache. Aber was ist denn geschehen, dass Sie so außer sich waren?«

Soll ich es ihm sagen? Ach, warum auch nicht.

Was habe ich zu verlieren.

»Ich war mit einem Mädchen befreundet … Schwarze Haare, schwarzes Samtkleid …«

Er nickt – er hat sie offenbar schon einmal gesehen.

»Jemand gab mir einen Schlüssel. Und dann fand ich sie, in der großen Lagerhalle, zwischen den Kartons. Ich sah, wie sie wegge…«

Weggeworfen wollte ich sagen, doch eine neue Tränenflut hindert mich am Sprechen.

Der Mann steht auf, reicht mir ein weiteres Taschentuch. »Es ist nicht gut, wenn Sie derartige Dinge sehen. Hier dürfen Sie sich gar nicht aufhalten.«

»Aber warum geschieht das? Wollte sie es selbst?«

Der Mann zögert, nickt. »Wahrscheinlich schon.«

»Aber weshalb?«

Stille.

Ich schaue ihn an. »Sie hatte doch noch nicht mit dem Sprechen abgeschlossen, oder wie Sie das nennen? Sie konnte nicht einmal reden …«

Der Mann blickt mich an, und ich sehe, wie er mit sich ringt, überlegt, ob er etwas sagen oder nicht sagen soll. Dann atmet er tief ein.

»Doch. Sie konnte sprechen …«

Er bemerkt meine Verwunderung, macht eine beschwörende Geste.

»Eigentlich darf ich das gar nicht erzählen, aber da Sie nun einmal hier sind …«

Er schließt einen Moment die Augen, als dächte er nach.

»Sie konnte die ganze Zeit, solange Sie sie kennen, sprechen. Aber offenbar hat sie entschieden, es nicht zu tun. Ich weiß nicht, warum …«

Er sieht, was ich fragen möchte, schüttelt den Kopf.

»Nein, das gilt nicht für andere hier, zum Beispiel für

Herrn Storm, den Sie auch kennen. Da bin ich mir absolut sicher. Sie ist … sie war ein besonderer Fall …«

Seine Worte dringen in mein Bewusstsein. Darum also hatten wir ein so gutes Verhältnis, wenn auch nicht mit Worten. Aber warum wollte sie nicht sprechen? War es eine Art Selbstschutz? Ich könnte mir alle möglichen Gründe vorstellen …

Ich höre das leise Geräusch eines Summers. Der Mann drückt auf einen Knopf, das Summen ist abgestellt. Er steht auf.

»Sie müssen jetzt wirklich gehen. Ich muss wieder an die Arbeit …«

Auch ich stehe auf.

»Geht's wieder?«

Ich nicke, blicke mich noch einmal in dem Zimmer um. Es ist nicht viel größer als mein Videozimmerchen und genauso kahl. Ist es sein Privatquartier? Wie ist er hier gelandet, und wie lange ist er hier schon?

Doch bevor ich ihm Fragen stellen kann, lotst mich der Mann hinaus. Hastig bringt er mich durch einige Gänge zurück zu der letzten Tür, der Tür zu den Sälen. Unterwegs dreht er sich mehrmals um, ob uns auch niemand beobachtet, und unversehens kommt mir der Gedanke: als hätten wir ein heimliches Verhältnis – ab und zu ein Quickie in seinem Zimmer …

Während er mir die Tür aufhält, sieht er mein Lächeln, ohne es zu verstehen. Ich nicke ihm kurz zu und höre, wie er die Tür hinter mir abschließt.

29

Ich bin wieder in meinem Zimmer, schließe die Tür ab und wickle mich in eine Decke ein. Ich lege mich aufs Sofa und versuche nachzudenken.

Sie konnte also die ganze Zeit sprechen. Hat sie auch hinuntergeschaut, wie ich? Ich meine, sie einmal gefragt zu haben. Wie hatte sie da reagiert? Ich weiß es nicht mehr.

Aber warum hat sie sich nun selbst beseitigt? Was hat sich verändert? Hatte sie das ganze Theater hier satt? Ich könnte es mir vorstellen – dieses Gefühl habe ich mitunter auch. Doch hätte sie dann nicht wenigstens einmal, zum Abschied, mit mir reden können?

Plötzlich kommt mir ein Gedanke, der mich fasziniert. Ich setze mich aufrecht hin.

Angenommen, sie konnte in der Lagerhalle, als ich ihr das Haar streichelte, tatsächlich nicht mehr sprechen. Angenommen, mit ihr ist so etwas passiert wie mit David. David besitzt ein Feuerzeug, das vielleicht einmal

Gerard gehört hatte. Sie hatte eine Mütze auf, eine grellbunte Pudelmütze – wie der Junge auf dem Polaroidfoto.

Ich lege mich wieder hin, und ganz unerwartet überkommt mich ein Glücksgefühl. Als fügten sich die Puzzleteile plötzlich zu einem deutlichen Bild zusammen. So ist es gelaufen – so läuft es hier …

David hat die ganze Zeit über mich gewacht. Er hat gesehen, wie schlecht es mir ging, und als es fast um mich geschehen war, hat er Gerard zu mir geschickt. Nicht in einem Traum, sondern in Wirklichkeit. Genauso ist das Mädchen noch einmal zu ihrem Freund zurückgegangen, dem Jungen mit der Pudelmütze. Vielleicht um mit ihm zu schlafen, vielleicht war es nie dazu gekommen. Denn als sie krank wurde, war sie zu schwach. Sie hat ihn die ganzen Jahre beobachtet. Vielleicht hat sie gesehen, dass er inzwischen eine andere Freundin hatte und den Verlust noch stärker empfunden, noch mehr nach ihm verlangt. Sie hat auf den richtigen Moment gewartet, den Moment, an dem er wieder an sie gedacht hat, vielleicht an ihrem Geburtstag. Sie hat gesehen, wie er an dem Abend ihr Foto betrachtete, Musik hörte, die sie beide gemocht hatten. Und dann, in der Nacht oder am frühen Morgen ist sie zu ihm gegangen und sie erkannten sich, wie es so schön heißt. Er hat verwundert ihr dunkles Haar gestreichelt. Vielleicht glaubte er zu träumen. Doch es war kein Traum, denn am nächsten Tag entdeckt er, dass seine Mütze verschwunden ist. Und dann erinnert er sich, dass sie in der Nacht die Mütze aufgesetzt hat, nur so zum Spaß. Wie ist das möglich, denkt er. Aber dann grübelt er nicht länger darüber nach, nimmt es als eine schöne Erinnerung, eine seltsame Erfahrung – ein Geheimnis, das er immer mit sich tragen wird …

Wir sind hier also nicht vollkommen machtlos. Wir können, wenn auch nur ein einziges Mal, tatsächlich etwas tun – wie in einem Märchen, in dem jemand einen Wunsch frei hat. Nur wann? Und was?

Und das Stocken meiner Stimme, ist das ein Vorzeichen? So wie ich damals in jener Silvesternacht gespürt habe, dass etwas passieren würde? »Warte. Es kommt«, hat David gesagt. Werde ich wissen, wann es kommt?

Ich versuche, diese Gedanken von mir abzuschütteln und stehe auf. Die Decke immer noch um mich geschlagen, setze ich mich vor das Gerät und schalte den Monitor an. Mit leisem Knattern erscheinen die Bilder von zu Hause: Sylvia sitzt mit Astrid in der Küche. Draußen ist es fast dunkel – der Regen prasselt gegen die Fensterscheiben. Drinnen steht das Essen auf dem Herd, die beiden unterhalten sich. Astrid hat einen anderen Haarschnitt. Ich gehe zum Küchentisch, auf dem eine Zeitung liegt, und sehe das Datum: 21. November! Es ist mehr als anderthalb Monate her, seit ich das letzte Mal hier war.

Ich habe keine Zeit, darüber nachzudenken, denn wir werden alle drei von einem Geräusch, das von oben kommt, abgelenkt: einem dumpfen, unregelmäßigen Dröhnen. Sylvia versucht es zu ignorieren, aber es stört sie sichtlich. Schließlich hält sie es nicht mehr aus. Sie sagt etwas zu Astrid und geht die Treppe hoch. Ich folge ihr.

Sylvia bleibt vor Marks Zimmertür stehen und klopft an.

»Mark?«

Als Antwort ist ein lauter Schlag an die Tür zu hören.

Sylvia klopft noch einmal. »Mark, so geht das nun schon über eine Stunde. Können wir nicht ...«

Ein neuer Schlag übertönt ihre Worte.

»Mark, hör doch bitte mal auf – ich komme jetzt herein.«

Sie öffnet vorsichtig die Tür, sieht für den Bruchteil einer Sekunde Mark mit erhobenem Arm. Dann saust ein Messer durch die Luft. Sie schreit, streckt abwehrend die Hände aus, doch es ist schon zu spät. Die Spitze des Messers hat ihre Brust getroffen.

Sie blickt auf ihre Hände vor der Brust, über die ein dünner Strahl Blut rinnt, und bricht vor Schreck zusammen. Auch Mark ist erschrocken und völlig verstört. Er würde ihr gern helfen, aber offenbar hält ihn etwas davon ab. Nun steht er unbeholfen und todunglücklich da.

Sylvia sieht und fühlt, dass die Wunde nicht tief ist. Ratlos blickt sie Mark an.

»Mark, warum ...?«

Mark weiß es nicht. Oder besser gesagt: Er findet keine Worte dafür. Am liebsten würde er an ihr vorbei weglaufen, kann es aber nicht. Sylvia hält immer noch eine Hand an die Brust, hebt mit der anderen das Messer auf, das auf den Boden gefallen ist.

»Das ist das Messer, das ich dir geschenkt habe ...«

Mark reagiert nicht.

Unten schlägt die Haustür zu. Wir hören Gerards Stimme, dazwischen Astrids aufgeregtes Plappern.

Schritte auf der Treppe, dann steht Gerard in der Türöffnung, vom Regen durchnässt.

Er sieht Sylvia auf den Knien, ein Messer in der blutverschmierten Hand – und Mark, der vor ihr steht.

»Was ist passiert? Was hast du getan?«

Sylvia macht eine Geste, möchte etwas sagen, aber Gerard geht an ihr vorbei, packt Mark an den Schultern und schüttelt ihn grob.

»Was ist hier los? Was hast du getan? Raus mit der Sprache!«

Als Mark weiterhin schweigt, schlägt ihm Gerard mit der flachen Hand ins Gesicht.

»Du verdammter Mistkerl! Was fällt dir ein! Du vergiftest unser ganzes Familienleben …«

Die Schläge prasseln auf Mark herab. Er hält abwehrend einen Arm vors Gesicht, was kaum hilft.

»Sylvia reißt sich ein Bein für dich aus, und du hast noch nie ein freundliches Wort zu ihr gesagt. Widerliche, verzogene Rotznase!«

»Gerard, hör auf!«

Sie ist aufgestanden, will eingreifen, wird jedoch unsanft zur Seite geschoben.

»Ich mache das nicht länger mit, das sag ich dir. Ich werd's dir zeigen!«

»Gerard!«

Sylvias Geschrei schallt durchs ganze Haus. Auch Gerard erschrickt, er lässt Mark los. Mark hält sich die Hände vors Gesicht, um seine Tränen und seine Scham zu verbergen.

Unten weint Astrid herzzerreißend.

Plötzlich weiß ich, an was mich das erinnert. An die Silvesternacht, als Mark vom Dach stürzte und wir alle schreiend durchs Haus rannten.

Das war eine Stunde vor meinem Tod.

Nun ist Sylvia diejenige, die verletzt ist. Sie besitzt noch die Geistesgegenwart, in der Küche den Gasherd abzustellen. Dann, das Essen ist schon nahezu verkocht, geht sie mit Gerard ins Schlafzimmer und zieht vorsichtig Jacke und Bluse aus. Es ist nicht so schlimm, die Wunde ist nicht tief. Doch während Gerard sie verbindet, sehe ich eine andere, tiefere Wunde bei Sylvia. Sie sagt nicht viel, aber der Blick, mit dem sie Gerard anschaut, drückt eine tiefe Abneigung und eine fast unüberbrückbar scheinende Distanz aus.

Ich gehe in Marks Zimmer zurück. Er liegt auf dem Bauch in seinem Bett, das Gesicht im Kissen verborgen. Er hat etwas getan, was sich für sein Gefühl nicht wiedergutmachen lässt, und er würde sich am liebsten in ein Mäuseloch verkriechen. Ich stehe machtlos neben ihm, streichle ihm, ohne dass er es merkt, den Rücken. Es ist nicht deine Schuld, Mark. Ich hatte Rache üben wollen und dich dazu benutzt. Das würde ich ihm gern sagen. Ich habe durch deinen Mund geschrien, ich habe das Messer geworfen. Ich habe Sylvia gehasst, es ihr durch dich gezeigt.

Und plötzlich dringt es in mein Bewusstsein: Nicht er, nein, ich habe etwas getan, das sich nicht wiedergutmachen lässt.

30

Was soll ich tun, David? Es läuft nicht gut mit Gerard und Sylvia. Ich habe Mark gegen sie aufgehetzt, auf-ge-hetzt, und jetzt … jetzt …«

Da ist sie wieder, die heisere, rauhe Stimme. Ich räuspere mich, presse die Wörter heraus.

»Ich bin zu weit … zu weit … gegangen. Was-soll-ich-tun?«

David sieht mich an und nickt, ein Lächeln spielt um seine Lippen. Ich verstehe es nicht. Was will er damit sagen? Dass es in Ordnung ist, so?

»Was wi… willst … du … damit … sagen, verdammt – noch – mal …?«

Er umfasst meinen Kopf und küsst mich auf die Stirn. Wieder formen seine Lippen unhörbar die Worte: »Warte. Es kommt.«

Ich verstehe es nicht, und auch meine Lippen formen lautlos die Worte: »Was kommt?«

Als Antwort nickt er noch einmal und macht eine Geste, die so viel heißen soll wie: Geh nur.

Was soll denn das nun wieder, »geh nur?« Ich bin wütend über seine Geheimnistuerei aber auch über meine Machtlosigkeit.

Er merkt es, nimmt mich in die Arme und drückt mich an sich. Ich spüre, wie sein Körper zusammenzuckt. Dann stößt er mich weg.

Ich gehe niedergeschlagen zurück, vorbei an der Mutter mit dem Baby, den tanzenden Mädchen, den schwatzenden Männern. Was soll ich tun, wenn nicht einmal David mir noch helfen kann? Lässt er mich im Stich? Ist das die Strafe für das, was ich getan habe?

Wieso Strafe? Hätte ich Gerard und Sylvia einfach gewähren lassen sollen? Sie haben doch auch genau das getan, was ihnen in den Kram gepasst hat. Ich existierte nicht mehr, und Mark musste sehen, wie er damit fertig wird. Mit meiner Hilfe konnte er sich zur Wehr setzen … Oder?

Als ich wieder in meinem Zimmer bin, schalte ich den Monitor ein, warte auf das Bild. Zuerst sehe ich Astrid. Sie sitzt nach vorn gebeugt auf der Couch, hat Bazip fest umklammert. Noortje sitzt neben ihr und putzt sich. Draußen regnet es noch immer.

Dann geht die Haustür auf. Noortje und Astrid blicken auf. Gerard kommt herein, und sein Anblick erschreckt mich. Er ist völlig durchnässt, verwildert, seine Augen sind voller Angst. Hastige Schritte auf der Treppe. Sylvia kommt ins Zimmer. Sie schauen sich an, Gerard schüttelt den Kopf.

Sylvia steht wie versteinert da, schluckt etwas hinunter. »Es ist alles meine Schuld.«

»Ach was ...«

»Doch! Ich hätte hier nie einziehen dürfen ...«

Sie geht kopfschüttelnd im Zimmer umher. Astrid guckt sie mit ängstlichen Augen an.

»Das ist doch wohl klar. Seit ich hier bin, geht alles schief. Und wenn diese Sache ausgestanden ist, gehe ich.«

»Müssen wir jetzt darüber sprechen?«

»Nein, vergiss es! Wenn es nach dir geht, wird hier nie über irgendetwas geredet!«

Astrid beginnt lautlos zu weinen. Noortje springt von der Couch und verdrückt sich. Gerard wirft Sylvia einen vernichtenden Blick zu, dreht sich um und geht.

Die Haustür schlägt zu. Sylvia steht im Zimmer und blickt auf die weinende Astrid.

Sylvia bringt Astrid zu einer Freundin. Das Kind hat furchtbare Angst, Sylvia zu verlieren. Sylvia versucht sie zu trösten, aber ihre Gedanken sind ganz woanders. Gerard hat unterdessen eine Vermisstenanzeige bei der Polizei aufgegeben. Danach fährt er noch in der Gegend herum und schließlich nach Hause, wo der Streit von neuem losgeht. Ich sehe und höre, wie sie einander zusetzen. Ich kenne das, und plötzlich weiß ich, was ich zu tun habe. Ich muss Mark finden, bevor es zu spät ist.

Auf dem Bildschirm suche ich die ganze Stadt ab: alle Orte, die Mark normalerweise aufsucht. Aber er ist nirgends zu sehen. Es regnet, es ist windig, es ist stockdunkel, doch ich suche weiter. Ich *muss* es wissen, auch wenn es zu spät ist. O Gott, lass es nicht zu spät sein …

Kennen Sie den Witz von dem Mann, der sein Pferd sucht? »Aber Sie sitzen doch drauf.« Dieser blöde Witz fällt mir ein, als ich Mark auf dem Dach unseres Hauses entdecke. Und sofort ist mir klar, wie er es angestellt hat. Als alle weg waren, muss er ins Haus geschlüpft und durch das Fenster aufs Dach geklettert sein, so wie damals in der Silvesternacht. Da sitzt er nun und hält sich am Schornstein fest – unsichtbar für alle, außer für mich.

Ich sehe ihn zittern, er ist durchgefroren, tropfnass. Diesmal kein Feuerwerk, sondern Angst in seinen Augen. Seine Finger sind steif und rutschen manchmal ab, eine Hand blutet. Lange wird er sich dort nicht mehr festhalten können. Er wird loslassen müssen, über die Dachziegel hinunterrutschen, über die Dachrinne hinaus. Diesmal wird ihn auch der Balkon nicht auffangen. Er wird auf der Straße aufprallen und tot sein.

Und ich? Ich kann ihm nicht helfen, ihn nicht erreichen. Denn das ist kein Traum, in dem ich seine Hand festhalten kann – es ist Realität. Ich kann nicht einmal jemanden alarmieren. Was soll ich tun? Er wird hinunterstürzen, und dann ist es vorbei.

Und dann geschieht es. Es ist, als hörte ich wieder von ganz nah die Worte: »Warte. Es kommt.« Gleichzeitig – es ist ein wunderbares Gefühl – werde ich hochgehoben, und im selben Moment sitze ich neben Mark auf dem windigen Dach. Ich merke sofort, dass es anders ist: Ich spüre den Regen, die Kälte – diesmal bin ich wirklich da.

Mark sieht mich, wir schauen uns an, er scheint nicht einmal verwundert zu sein.

»Ich traue mich nicht runter.«

»Ich helfe dir.«

Ich setze mich aufs Dach, das rechte Bein auf der einen, das linke Bein auf der anderen Seite. Ich greife seine Hand, und so schieben wir uns nach und nach zum Rand hin – ich rückwärts, er vorwärts. Ich merke, wie seine Hand zittert, lasse sie aber nicht los. Ab und zu schauen wir einander an, und er merkt an meinem Blick, dass es gutgehen wird.

Am Ende des Daches rutsche ich an einem alten Antennenkabel hinunter, bis ich auf einem kleinen flachen Vorsprung stehe. Dann ist er dran: Ich nehme seine Beine, führe sie zu einem Punkt, wo er Halt findet, stütze ihn, bis er neben mir steht.

Ich bin pitschnass, meine Hände sind schmutzig und tun weh von den scharfen Kanten. Aber was für ein phantastisches Gefühl!

Mark guckt mich an. »Woher hast du gewusst, dass ich hier oben bin?«

»Oh, das hab ich mir so gedacht …«

Er spürt, dass mehr dahintersteckt, aber etwas in meinem Blick hält ihn davon ab weiterzufragen. Wir gehen vorsichtig über den Kies, bis zum Rand des schmalen Vordaches. Irgendwo in einer Ecke ist ein Regenrohr. Ich rutsche wieder hinunter, diesmal auf die Straße, zeige ihm von dort aus, wo er die Füße am besten hinstellen kann. Zuletzt muss ich ihn buchstäblich auffangen, weil er so steif und durchgefroren ist, dass er sich nicht mehr festhalten kann.

Wir stellen uns in einer windgeschützten Türnische unter. Ich drücke ihn an mich, nehme seine blutigen Hände in meine, hauche sie an, damit sie warm werden.

»Du musst nach Hause.«

Wie wunderbar, das alles zu empfinden und meine Stimme wiederzuhaben. Mark schaut mich an.

»Ich traue mich nicht, ich will nicht. Ich möchte bei dir bleiben.«

Er will noch mehr sagen, aber ich lege ihm die Hand auf den Mund, weil Leute vorbeigehen. Wir drücken uns noch tiefer in den Schatten der Türnische. Ich schüttle den Kopf und halte seine Hände. Meine Stimme klingt sanft.

»Das geht nicht, Mark. Ich bin nicht mehr da. Ich bin jetzt nur ganz kurz da, aber es geht vorüber. Danach werde ich immer weiter weg sein, das musst du akzeptieren, wie schwer es auch ist. Gerard und Sylvia suchen dich. Sie lieben dich, sie wollen, dass du zurückkommst. Sie sind vielleicht anders als ich, aber sie lieben dich. Gib ihnen eine Chance ...«

Irgendwie weiß ich, dass das meine letzten Worte sind, und, wie seltsam es auch klingt, ich genieße jedes Wort. Mark löst sich langsam von mir und sieht mich an. Ich mache eine Geste, die bedeuten soll »geh jetzt«, doch er zögert. Er schaut auf meine Füße, auf meine Socken, mit einer Art von Staunen.

Ich umarme ihn noch einmal, schiebe ihn dann sanft weg.

Er geht, wenn auch zögerlich. Ich sehe, wie er klingelt, wartet. Die Tür wird geöffnet, und ich höre Sylvias Freudenschrei. Sie nimmt ihn in die Arme, hebt ihn hoch.

Gott sei Dank hat er sich nicht umgeblickt.

Ich bleibe in der stillen Straße im Regen zurück und weiß, dass nun alles vorbei ist. »Warte. Es kommt.« Ich habe gewartet, und es kam – das war es also. Es ist vollbracht, und das ist gut so. Ich schaue zum Himmel hinauf, spüre noch einmal den Regen über mein Gesicht strömen. Nun kann geschehen, was geschehen muss. Nun können die Männer in den Kitteln das tun, was sie tun müssen. Ich bin frei …

Ich bin nicht dafür verantwortlich. Es geht nicht auf meine Kappe, ich habe nichts damit zu tun. Trotzdem wird es uns – den Männern in den Kitteln – angekreidet. Wir sind die Gleichgültigen, die Ausführenden, wir handeln ohne Ansehen der Person.

Das ist nicht wahr – ich habe durchaus Gefühle und empfinde Mitleid. Ich darf es nur nicht zeigen. Denn es würde falsche Erwartungen wecken, allerlei Fragen aufwerfen. Aber ich bin ja nicht blind, ich sehe, was um mich herum passiert, und es lässt mich nicht kalt. Als ich sah, wie dieses Mädchen verschwand, wie sie sich in der La-

gerhalle versteckt hatte, da habe ich dafür gesorgt, dass Frau De Zeeuw den Schlüssel bekam, damit sie noch Abschied nehmen konnten. Und als sie danach über den Rand zu fallen drohte, habe ich sie davor bewahrt und zurückgebracht.

Ich kann mich nicht um alle sorgen, aber sie lag mir am Herzen. Wie sie mich angefaucht hat, als sie gerade aufgewacht war. »Ruhe? Ich will keine Ruhe!« Es klingt mir noch in den Ohren. Ich hatte alles für sie festgehalten, ich wusste also mehr oder weniger, was inzwischen geschehen war. Und ich war mir ziemlich sicher, dass sie sich die Aufzeichnungen anschauen würde. Sie würde Krieg führen und sie würde ihn letzten Endes verlieren. Aber dass sie es tun musste, war klar. Und sie hat tapfer gekämpft.

Ich habe ihr Zimmer ausgeräumt – das ist immer eine leidige Arbeit. Meist versuche ich, mir nicht zu viele Gedanken zu machen, doch diesmal ist es mir nicht gelungen. Ich habe die Bänder in Kartons verstaut, die tausend Bänder ab dem Zeitpunkt ihres Todes bis zu dem Moment, da sie wieder wach wurde. Und ich wusste in etwa, was auf jedem der Bänder zu sehen war. So ging ein Leben durch meine Hände, das dabei war, für immer zu verschwinden. Na ja, ein Leben? Im Grunde war es damals schon kein Leben mehr.

Insgesamt fünf Kartons habe ich auf den Gang gestellt, sie werden später abgeholt. Ein Stück Pappe mit Brandflecken habe ich weggeworfen – keine Ahnung, wo es herkommt. Danach habe ich mich im Zimmer noch einmal umgesehen, ob ich auch nichts vergessen hatte, und die Tür abgeschlossen. Fertig für den Nächsten.

Ansonsten hat sich bei uns nichts verändert. Die Mädchen tanzen immer noch – ohne Musik, mit leerem Blick, in ihren abgeschnittenen Jeans. Die Mutter sitzt immer noch da, wiegt das Kind in ihren Armen. Und viele Säle weiter wandert die Frau mit der Handtasche umher, die sie fest an sich drückt.

Bei den Monitoren wird immer noch über die Emmastraat diskutiert, und darüber, ob in dem Laden früher eine Wäscherei war. Das ist auch gut so, es muss so sein. In den Sälen darf sich nichts verändern – dort herrscht Regelmäßigkeit.

Ich weiß, welcher Preis mitunter für diese Ruhe bezahlt wurde. Welcher Krieg, welche Stürme ihr vorausgegangen sind. Ja, Stürme – das ist das richtige Bild. Die Menschen sind wie abgebrochene Äste, wie abgefallene Blätter, weit weg von dem Baum, mit dem sie einmal verbunden waren.

Manchmal sehe ich sie durch die Säle wandern. Auf den unvermeidlichen Socken, mit zerzausten Haaren und einem leicht verwilderten Blick. Sie erkennt keine Menschen mehr, schaut niemanden mehr bewusst an. Sogar an David, ihrer großen Liebe, geht sie einfach vorbei.

Anscheinend gibt es nur noch eine Sache, die ihr wichtig ist: ein Armband mit gelben und schwarzen Perlen.

Das trägt sie immer bei sich. Sie lässt es durch ihre Finger gleiten, von einer Hand in die andere. Sie zeigt es den Leuten, beliebigen Passanten. Mitunter schnuppert sie daran, hält es sich an die Wange oder steckt es kurz in den Mund, wie es ein Baby tun würde.

Dieses Armband ist das Einzige, was sie noch hat.

Renate Ahrens

Fremde Schwestern

Roman

In ihrer Kindheit waren sich die Schwestern Franka und Lydia einmal sehr nah – bis es zum Bruch kam. Eines Tages steht Lydia jedoch todkrank mit ihrer kleinen Tochter Merle vor Frankas Tür. Widerwillig kümmert sich Franka um ihre Nichte, die die Frauen zwingt, sich mit ihrer Vergangenheit auseinanderzusetzen. Doch dann flieht Lydia plötzlich ans andere Ende der Welt …

Knaur Taschenbuch Verlag